スノードロップ
雪の雫の日記

降谷さゆ

幻冬舎MC

目次

プロローグ……5

第一章「着 信」……9

第二章「雫との出会い」……29

第三章「一筋の涙」……47

第四章「何もない」……67

第五章「居場所」……97

第六章「いつもと違う朝」……141

第七章「いつも隣にいる」……185

第八章「雫の日記」……221

第九章「スノードロップ」……249

第十章「三日前の真実」……259

エピローグ……275

あとがき　―もうひとつのスノードロップ―……282

プロローグ

ふと隣に目をやると、いつものように優しく微笑む彼女がいる。まだ幼い日から、いつだって彼女は僕のそばにいてくれて、その当たり前になった幸せをもっと近くで感じたくて、僕はあの日彼女と生涯をともにすることを決めたんだ。

「私、もう一人ぼっちじゃなくなるんだね」

涙で滲んだ瞳をこちらに向けて、頬を緩ませる彼女。

「これまでたった一人で、寂しい思いを抱えながら生きてきたこととはもうさよならしよう。僕がこれからはずっとそばにいるから」

そう言葉をかけると、彼女は幸せそうに目を伏せる。

「……そうだね、私も透《とおる》くんと一緒なら、きっと幸せになれるよね」

嬉しそうな彼女を見て、心から愛おしいと思った。僕たちは、もうすぐ結婚式を挙げる……はずだった。

第一章「着信」

「いってきます」

「いってらっしゃい、今日は十九時にいつもの場所で待ち合わせだからね」

わかってるよ、と振り向くと彼女が満面の笑みで手を振ってくれる。

「それならよかった、すっごく楽しみ」

「仕事が終わったら連絡するよ」

見送ってくれる彼女に手を振り返して家を出る。


残業続きの僕を気遣って、式の準備をほとんど引き受けてくれた彼女に申し訳なさを感じて、今日は二人でゆっくり外で食事をしようと誘っていた。式の準備だけじゃない、部屋の掃除や食事の支度といった家のことも彼女が率先して引き受けてくれているから、その感謝の気持ちも込めての提案だ。

予約しているお店は自宅からほど近い場所にある、赤ちょうちんが目印の大衆的な居酒屋だが、二人で初めて飲みに行った思い出のお店ということもあり、ちょっとしたお祝いごとなんかがあるときの行きつけになっている。

いつもは低血圧のせいか眠い目をこすりながらなかなか布団から出てこない彼女だが、この日は朝から上機嫌。朝食は決まってトーストとコーヒーだけど、フレンチトーストとサラダが食卓に並んでいて、鼻歌交じりで身支度していた様子からも今日の約束をとても楽しみにしていることが伝わってきた。

いつもより豪華な朝食とご機嫌の彼女、そして出がけにちらっと見た朝の情報番組の星占いも一位で「今日はあなたにとって最高の一日」なんて言っていたから、会社への足取りも軽くなる。


ここ最近は雨が降り続き、じめじめとした空気と会社に着く前から肌に張り付くシャツにうんざりしていたが、この日は梅雨の合間の貴重な晴れの日。久しぶりのからっとした空気を感じながら、今日はついていると陽気な気持ちで歩き出す。

彼女と住むアパートを出て緑地遊歩道を抜けてすぐの大通りをまっすぐ進むこと約十分。駅の改札を抜けていつもの車両に乗って、四駅先にある会社の最寄り駅まで携帯電話でトレンドに上がるニュースを見ながら過ごす。

あの芸能人も結婚したんだ、なんて驚いていると、黒いスーツに身を包んだサラリーマン、長い髪を丁寧にまとめたOL、ヘッドフォンで音楽を聴きながらスマホゲームをしている学生たちが一気に降りる都会のど真ん中の駅に着く。

僕も人の流れに乗って電車を降り、首が痛くなるほど見上げる高さのビル群の中でもひときわ高いビルを目指す。朝のこの時間は行列ができるエレベーターに体を押し込み、白新総合広告社と書かれたドアを開ける。これが僕、黒田《くろだ》透の日常だ。

＊

「透さん、今少しだけお時間いただけませんか？」

窓から差す日が落ちてきたころ、申し訳なさそうに僕の顔を覗き込んでくるのは一つ後輩、入社四年目の坂口《さかぐち》。よほど立て込んでいるのか、締め切りに追われているのだろうか、片方だけ中途半端にまくられた袖口なんて気にもせず、手元の資料をがさがさ並べ直している。パソコンのディスプレイに表示された時刻を確認すると十八時十五分。今日はこのメールの返信が終わったら退社しようと思っていたんだけど、なんてことは悟られないよう坂口の方にすっと体を向ける。

「明日のプレゼン資料だろ、いいよ」

聞き慣れないカタカナの業界用語に、早朝でも深夜でもお構いなしのクライアントからの着信。こんな環境で僕はやっていけるのだろうかと入社当初は毎日が不安だったけど、五年目ともなると慣れたもんだ。才能あふれるクリエイターばかりが集まるこの会社では僕はごくごく平凡な存在だと思うけど、一生懸命に一つひとつ着実に仕事をこなす姿勢がいいと働きぶりを評価してもらい、今年からチームリーダーを任せてもらえるようにまでなった。ここ一年ほどは自分の担当している案件は夕方までにはなんとか片付けられるようになって、深夜残業なんて数えるほどしかしていない。

こうして後輩から相談を受けることも増えてきて、仕事にやりがいと楽しさを感じてきたところだ。

「一本だけ電話してくるから、ちょっと待ってて」

「……すみません、今日予定があるって言ってましたよね？」

「急ぎでしょ？」

「本当にすみません」

「謝らなくていいから、そういうときはありがとう、だろ」

「——すいません、あ、いや、ありがとうございます」

謝罪と感謝の言葉を言いながら、ぺこぺこと頭を下げる坂口を見ると、なんだか少し前の自分を思い出す。いいんだよ、とふっと笑みを向けて執務室を後にする。


「えーっと……雪野《ゆきの》、雪野……」

胸ポケットから出した携帯電話の画面を指でなぞり、彼女からの着信履歴を探す。

「あった、雪野雫《しずく》」

半年ほど前に同じ家に住んでからというもの、電話をすることなんてめっきり減ってしまったせいか、何度かスクロールをしてやっと表示されたその名前をタップする。ちょうど会社を出たころかなとぼんやり考えながら受話口を耳元に当てる。

〜〜〜〜〜〜♪　〜〜〜〜〜〜♪

「はい、雪野です」

電話の向こうから、がやがやと雑音が聞こえる。彼女は細くて通らない声を少し張っているようだ。もう長い付き合いだというのに、僕からの電話にも「雪野です」なんて毎度真面目に対応するのが少しおかしくて、そしてそれが可愛らしくて頬が緩む。

「透くん？　どうしたの？」

「雫まだ会社だった？」

「ううん、今は駅前のデパートだよ。待ち合わせまで少し時間もあるし」

　どうやら帰宅ラッシュの時間だからかあたりは混み合っているようで、電話越しに聞こえているのは雑踏の人混みの音のようだ。

　彼女の会社は僕の会社と大通りを二本挟んですぐのところだから最寄り駅も一緒なのだが、彼女の方が出勤時間が遅くて、僕と違って残業はほとんどないので帰る時間が早い。だから二人で一緒に通勤することはめったにない。会社の人に二人で仲よくしているところを見られたら恥ずかしいからと、控えめな性格の彼女が言ったのも一緒に通勤しない理由でもあるけど。

「買い物？」

「うん。うちの会社の新作のリップが出てね、それに合う色のアイシャドウもほしいなって思って」

　ふふっと耳元に小さく微笑みが聞こえた。今日の彼女は朝からずっとご機嫌だ。昔は長い髪をびしっと一つに低めに結っていておしゃれには無頓着だった彼女だが、大学生のころから少し気を遣うようになって、化粧品会社に勤めてからというもの周りの社員の影響もあってか見違えるほどあか抜けた。今ではすっかり『都会のＯＬ』という言葉がぴったりになっている。

「それで？　何かあったの？」

「ごめん、後輩の資料を見ないといけないんだ。だから今日の待ち合わせに少し遅れそうで……」

店には僕が連絡しておくから、とご機嫌な彼女に伝えるのは本当に申し訳ない気持ちでいっぱいだ。多忙な業界だとはいえ、これまで何度も仕事を理由に彼女との約束に遅れてしまったり、キャンセルしてしまうこともあったから、こんなやり取りも数えきれない。

「もー……また？」

ちょっと呆れたように、でも怒ってはいない穏やかな口調だ。

「……ごめんなさい」

「後輩って坂口くんでしょ？　坂口くんも最近いろいろ任せてもらえるようになったみたいだし大変だよね。頑張ってね、って伝えておいて」

雫にはなんでもお見通しのようだ。あれだけ楽しみにしていた約束に遅れてしまうというのに不満の一つも出ないし、それどころか気遣いまでしてくれる彼女の優しさに僕は本当にいつも甘えてばかりだ。

「いつもありがとう。すぐに終わらせるから、どこか座れるところで待ってて」

「仕事だもん、気にしないで。それに今日は透くんのおごりでデザートも頼んじゃうって決めたから」

「オッケー、なんでも好きなだけ頼んでいいから」

「やったー。じゃあ終わったらまた連絡してね」

ごめんとありがとうを再度伝えて電話を切る。急いで予約していたお店に時間変更の連絡をしてから足早に執務室へ戻る。

*

「透さんのおかげです、間に合ってよかったです！」

坂口は安心したのか、半分泣きそうな表情になっている。

「次からはもう少し早く相談してくれよ、これじゃあ確認じゃなくて一から作ったようなもんだぞ」

「披露宴の出し物全力でやりますから、それで許してくださいよ」

「それはそれ、これはこれ」

冗談交じりにからかって反応を楽しむ。大学時代の後輩ということもあって、殺伐とした職場の空気が和む坂口とのこの時間はほんのひとときの安らぎだ。こうやって坂口の作った資料を添削するのも、大学生のときに卒論を見てあげていたときのことを思い出してなんだか懐かしい。社会人になってもあのころから二人の空気感は変わっていないし、むしろ以前よりもお互いを信頼しているような気がする。

「先輩はいいですよね、仕事もできるし、雪野先輩みたいな可愛らしくてしっかり者の彼女がいるし。あ、もう婚約者か」

「うらやましいだろう」

「本当ですよ……あ、先輩。今日は雪野先輩との予定があるんでしたね」

「雫、坂口のこと怒ってたぞ」

「――っえ？」

坂口は目を見開いて硬直している。学生時代はどちらかというと僕の方がからかわれていたのに、社会人になってからはそれが逆転したようで、やっと先輩として認められた気分だ。もう少しこのやり取りを楽しみたい気持ちもあったが、今日はそんな時間もない。

そろそろ帰り支度をしなければ。

「冗談だよ。頑張ってね、だって」

「びっくりしたー。じゃあ雪野先輩にはありがとうございます、ってよろしく伝えておいてください」

「わかった、伝えておくよ。残りの資料の出力は頼んだよ。じゃあお先」

お疲れ様です、とまだ数人残っているフロアを見渡して声をかける。足早にエレベーターに乗って外に出ると、日中とは打って変わって少しだけ肌寒い。外はもう真っ暗だ。腕時計に目をやると時刻はすでに十九時四十五分。約束していた時間より、一時間近くも遅くなってしまった。

彼女に連絡しようと胸ポケットの携帯電話を取り出すと、知らない電話番号からの『着信三件』の表示。

（……誰だろう？）

連絡を取り合うような人は登録してあるんだけどな、なんて思いながらディスプレイに表示された番号を検索しようとしたところで、同じ番号から再び電話がかかってきた。

＊

発信者は、思いもよらない人物だった。

「突然のご連絡ですみませんが、雪野雫さんのお知り合いの方でしょうか？　都央警察署の福沢《ふくざわ》と申します」

「……え？　はい、黒田……と申します。雪野雫は……僕の婚約者です」

警察署、という言葉を耳にしただけで胸のあたりがざわざわとして嫌な予感がする。いったい雫に何が……。ほんの一瞬の間だが、ぐるぐると思考を巡らせてみるが心当たりは何もない。

「……先ほど、雪野雫さんがお亡くなりになりました」

「…………えっ？」

「お話を伺いたいので、現在雪野さんが安置されている都央病院に今から来ていただけますか？」

(雫が？　死んだ？)

来てくださいという言葉に対して僕は「はい」と返事ができただろうか。理解が全く追いつかない。なんとか聞き取れた都央病院という言葉を頼りに、通りすぎようとしていたタクシーを停めて乗り込む。僕の様子にドライバーも何かを察したのだろう。目的地を告げたあとは一言も会話のないまま、オフィスの電気もまばらになった暗い道を進んでいく。

ここから病院まではほんの十五分くらいだったと思うけど、その時間がとてつもなく長く感じる。目的地に近づくにつれて鼓動が早く、大きくなるのだけはわかった。

料金を支払ったかどうかも覚えていないほど動揺して頭の中がぐしゃぐしゃになっている。おぼつかない足で受付に向かい、気がつくと二人の警察官に案内されて、彼女がいる部屋の前に連れていかれていた。


「雪野雫さんご本人かどうか、確認をお願いできますか」

「…………は、い」

どくん、どくん、と心臓が脈打つ音だけが響く。地面に張り付けられたかのように、足がびくとも動かない。指先の震えがいつしか腕、肩、両足へと広がっていき、自分の意志で立っているのかさえもわからない。病院特有のツンとした嫌な薬品のにおい。無機質で冷たい灰色の壁と目の前に置かれたストレッチャー。重くのしかかる沈んだ空気。

「……向こうで待っていますので」

すぐにはその場から動けなくなっている僕に気を遣ったのか、二人の警察官は少し離れた場所へ移動していった。

それからどのくらいの時間がたっただろうか。一歩、また一歩と部屋の中に足を進めていく。目の前に横たわっているのが彼女かどうかなんていうのは顔を見るまでもない。折れてしまいそうなほど細く白い腕。左手の薬指に光っているのは、まぎれもなく僕が彼女にプレゼントした指輪だ。見間違うはずもない。

嬉しさと驚きの涙をいっぱいに目に浮かべて、指にはめたその指輪を「どうかな？　似合っているかな？」って何度も僕の目の前に差し出して見せてくれて、毎日大事そうに身につけてくれていたのだから。

「……雫？」

何百回、何千回と呼び慣れた彼女の名前を喉の奥からやっと絞り出して呼んでみる。いつものように返事をしてくれるんじゃないかと思わずにはいられない。だって、ほんの一時間前には待ち合わせに遅れると電話した僕に、優しく「待ってるよ」と言ってくれたんだから。

「雫？　今日の約束……楽しみにしていたんでしょ、起きてよ」

「お願いだから……雫……」

僕の声だけが響く。怖い。今直面している事実に目を向けるのが怖い。恐る恐る彼女に触れると氷のように冷たくなってしまっていて、いつものぬくもりは消え去ってしまった。

「――雫」

震える手で顔を覆う白い布をずらすと、痛々しくあざだらけになってしまっている。朝家を出るときの彼女はこんな状態じゃなかった。それなのに……。

「なんで……こんなことに……ねえ、雫？」

何度名前を呼んでも、彼女からの返事はない。足元ががらがらと崩れていく感覚と同時に、僕はもう立っていることができなくなった。その後、警察官が戻ってきて何か言われたようだけど目の前の現実が受け入れられなくて、混乱してしまった僕の耳には届かなかった。

＊

カーテンの隙間から明るい光が差し込む。

「……朝、か」

今日も梅雨にしては珍しい晴れの日のようだ。いつもだったらすぐにカーテンを開けて清々しい日の光を部屋に取り込んで、朝にはめっぽう弱い彼女に「おはよう」「そろそろ起きて」と優しく声をかけるのに、今僕の隣には誰もいない。

一人には広すぎるベッド。いつものように僕の定位置だった壁側に横になって、眠れたのか眠れなかったのかわからないまま朝を迎えていた。今日は日の光さえも疎ましく、その光を見ていると頭が割れそうに痛くなる。明るい世界にいるのが耐えられなくなって、僕は再び布団の中に潜り込み目をきつく瞑る。

『雪野雫さんは昨日の十九時過ぎ、刃渡り二十センチほどの包丁が腹部に刺さった状態で駅前にある歩道橋の階段下で倒れていました。通行人の通報で駆け付けたのですが、病院に到着したころにはもう息はなく手遅れの状態でした。帰宅ラッシュの時間で人通りは多かったのですが、争った形跡もなく階段から落ちる直前に何があったのか目撃した人も今のところ見つかっていません。刃物には犯人と思われる指紋も残っていなかったので捜査は難航しそうです。心当たりがありましたらすぐに連絡をください』

昨日は頭の中が真っ白になって耳に入ってこなかった言葉が、一晩がたって徐々に思い出されていく。雫の死の真相は何もわかっていないということだ。

——通り魔？

——それとも雫に恨みを持って？

——いや、彼女のように穏やかで争いを好まない人に限ってそんなことはあるはずがない。

——じゃあどうして雫が狙われた？

心当たり、その言葉にふと大学四年生のときの事件が頭をよぎる。あのとき雫の家族の命を奪って今もなお見つかっていない犯人が五年もたった今、雫を狙っていたというのだろうか？

怒り、恨み、悲しみ。一言では表せない感情がぐるぐると頭の中で渦巻きながら、冷たくなってしまった彼女の頬に触れたときの感触が鮮明に呼び起こされる。あんなにも柔らかくて、暖かくて、愛情に満ちあふれた彼女が、まるで作られた人形のようにぴくりとも動かなくて、怖いとさえ感じてしまった。僕の知っている彼女はもうこの世からいなくなってしまっていた。

夕方に電話してからたった一時間の間に、どうして彼女はあんなにも変わり果てた姿になってしまっていたのだろうか。働かない頭でいくら考えを巡らせても、何一つわかるはずもない。思考とは関係なく、ぼろぼろとこぼれ落ちる涙をぬぐう気力さえも湧かない。会社に事情を伝えて休むと連絡をしなければと一瞬頭をよぎったけど、今はもう何もできる気がしない。

どうして彼女には常に不幸が付きまとうのだろう。彼女がいったいこれまでに何をしてきたというのだろう。家族と一緒に食卓を囲んでたわいのない会話をしながら笑って過ごす。そんなありふれた幸せが、どうして彼女の手のひらからはすり抜けていってしまうのだろう。

布団の中で再びぎゅっと目を瞑る。

第二章「雫との出会い」

「みなさん、ご入学おめでとうございます。今日からこのクラスを担当する石川早紀《いしかわさき》です。今日からみなさんは中学生になりました。新しい環境への不安もあると思いますが、中学校でしか得られない経験がたくさんあります。これからの学校生活が充実したものとなるよう、みんなで一緒に頑張っていきましょうね」

窓の外に目をやると、桜が舞っている。春とはいってもまだほんの少し肌寒い。入学式の前に見た掲示板に自分の名前があった一年三組の教室に入ると小学校から見知った顔がほとんどだ。今朝までは不安の方が大きかったけど、式が終わって教室に戻ったころにはこれからの学校生活が楽しみになっていた。

「よかったー、透とまた同じクラスだ」

「隼人《はやと》とは小三からクラスが一緒だね。またよろしく」

左の席の佐竹《さたけ》隼人は幼稚園からの幼馴染。家が近いし親同士も仲がいいこともあって、休日はどちらかの家に泊まったり、家族ぐるみで一緒にキャンプに行ったりするような間柄だ。隼人は新しいクラスに緊張を隠せないようで、きょろきょろとあたりを見渡して落ち着かない。

「このクラス可愛い子多くない？」

「……そうなの？」

「透は本当にそういうの興味ないよな。せっかくモテるのに」

はぁ、と小さくため息をついてちょっとだけ呆れたように言う。決して女の子に興味がないわけではないし、誰かが告白したとかいう話を聞くと気にはなるけど、正直僕にはまだ好きとかそういうのはよくわからない。小学校のときに好きだと言ってくれた子は何人かいたけど、どう返事をするのが正解かわからずに困っていると、泣かれてしまったこともあって嫌な思い出となっている。隼人はすぐにあの子が可愛いとか、この子が気になるとか、いつも楽しそうにしているのでちょっとうらやましい。

「なあ、俺の隣の子」

「何？」

「ちょっとよくない？」

ひそひそと目配せする隼人の視線の先に目を向ける。低い位置に一本にきっちり結ばれた長い黒髪、一番上までしっかりととめられたブラウスのボタン。不安そうな表情で先生の方をまっすぐに見つめている色白で小柄な女の子。

「真面目そうな子だね」

「……それだけ？」

「だって話したことないし」

「モテモテの透くんにはああいうよさがわからないんだなー」

なんだよ、とちょっとムッとした表情で返すとからかうように笑われる。

「はい、そこ。おしゃべりは終わりね」

『……すみません』

隼人と目を見合わせて姿勢を正す。入学初日から注意されてクラス中の視線を浴びるのはちょっと居心地が悪いけど、優しそうな先生で怒ってはいないみたいなのでほっと胸をなでおろす。

明日からの時間割や持ち物などの説明が一通りされると、ホームルームはあっという間に終わり帰宅の時間になった。

＊

「あの子、雫ちゃんっていうんだって」

「どの子？」

「だからー、俺の隣の子」

肩かけのスクールバッグをリュックのように背負いながら、僕の前を歩く隼人がくるりと振り向く。

「名前まで可愛いよな」

「いつの間に聞いたんだよ」

「先生が配った座席表に書いてたんだ」

へへっと、いたずらな笑顔の隼人は相変わらずこの手の話をするときは楽しそうだ。ほとんどが顔見知りだから座席表なんて見ていなかった。帰ったら見てみよう、なんて思いながらふとわき道の方を見ると噂をしていたあの子が桜の木を見上げて立ち止まっている。

「……いた」

「何が？」

「隼人の隣の……雫さん？」

「えっ？」

目を丸くしてとっさに僕の背中に隠れようとする。どうしよう、どうしたらいいかな、とそわそわしているのがおかしくて、隼人の背中を押したり腕を引いてみたり、ちょっとだけいたずらなんかしていると、そんな僕たちに気づいた彼女が静かに歩み寄ってきた。

「えっと……同じクラスの……黒田透くんと佐竹隼人くん……？」

「え、どうして名前……」

二人して驚いた顔でいると、ごめんなさいと小さく胸の前で両手を振って、真っ赤な顔で彼女は続ける。

「クラスに知っている人が全然いなくて……だから座席表を見て早く名前を覚えようと思っていたの。びっくりしたよね」

そういえばホームルームのときは不安そうな顔をしていたもんな。だからってこんな短時間で名前を、しかもフルネームで覚えてしまうなんて、最初に思った真面目そうというイメージは当たっていたようだ。

「俺！　佐竹隼人！」

「いや、だからもう覚えてくれてるから」

「あ、そっか。隣の席の」

「それも知ってるだろ」

僕たちのやり取りを見てふふっと、彼女が口元を小さな手のひらで覆い微笑む。初めて見た笑顔に、隼人が可愛いと言っていた理由が少しわかったような気がした。当の隼人は僕の横で気をつけの姿勢で硬直しているけど。

「三組は僕たちがいた学校のやつらばっかりみたいだから」

「そうなんだ、うらやましいな」

「大丈夫だよ！　俺たちが雫ちゃんと仲よくするし！」

「……ありがとう。よろしくね」

思いのほか大きく声を張り上げてしまった隼人に彼女はちょっと驚きながらも緊張の糸がほぐれたみたいで自然に笑みがこぼれている。

「えっと、雫さんの苗字は？」

「あ、雪野です」

「……雪野さんは帰りこっちなの？」

「うん、この道をまっすぐ行ったらすぐなの」

「そっか、気をつけて帰ってね」

「雫ちゃんまた明日」

雫ちゃん、と初対面の女子を隼人のように下の名前で呼ぶのはちょっと気恥ずかしい。手を振って彼女を見送り、僕たちも帰路につく。その間ずっと、名前を覚えてくれていたからきっと自分に気があるとか、声が可愛かったとか、雪野なんて苗字まで似合っているとかいう話をはいはいと適当に聞き流しながらも、昨日までとは違う帰り道に新鮮な気持ちで僕も胸を躍らせていた。

＊

一週間もすると教室内からよそよそしい雰囲気もすっかり消え去り、仲よしグループができ上がっていた。

僕は相変わらずの隼人と小学校のときから同じクラスだった悠人《ゆうと》、サッカー部に体験入部に行った日から仲よくなった拓也《たくや》の四人グループでいるのが日常になった。授業中におしゃべりしたり、掃除の時間にほうきと雑巾で野球をしたりしてよく先生たちに怒られているような、ちょっと騒がしいメンバーだ。クラスの盛り上げ役といえば少し聞こえがいいだろうか。まあ僕は率先して騒ぐようなタイプではないから、お調子者の隼人や悠人にいつも巻き込まれてしまっているだけなんだけど、一緒にいる時間はとても好きだ。

「今日はクラス委員を決めたいと思います。みんなには積極的に参加してほしいので、ぜひ立候補をしてください」

委員長、副委員長、書記は小学校のときもあったけど、中学校では各クラスで風紀委員、保健委員、図書委員、美化委員、広報委員、体育祭委員、文化祭委員を決めて、毎月全学年の代表が集まって委員会を行うらしい。三十人ほどのクラスで十人が何かしらの役割を与えられるようだ。

「こういうのは面倒なのを押し付けられる前に立候補したもん勝ちだな」

六年生のとき、話し合いでは決まらずじゃんけんに負けた隼人が委員長になって、行事があるたびに招集されては大変な思いをしていたのを思い出し、大きくうなずく。

「先生、俺は副委員長に立候補します」

『え？』

僕と悠人、そして拓也の三人、声がそろう。

「面倒なのはやりたくないんじゃないのかよ」

悠人はあっけにとられた表情で隼人の顔を覗き込む。拓也も同じ顔をしている。

「いいんだよ、副だから。……ってことで透、委員長よろしく」

「ま、待て」

不意打ちな言葉に驚き、ガタっと大きな音を鳴らして席を立つと、クラス中の視線を感じる。

「いいじゃん」

「賛成、賛成」

げらげら大声で笑っている悠人と拓也の賛同に合わせて、拍手が沸き起こる。余計なことを……なんて恨み言もいう間も与えられないうちに断れない雰囲気になってしまった。

「黒田くん、お願いできるかな？」

僕の意思をうかがっているようだが、先生のまなざしには期待が込められている気がする。特にやりたい委員があったわけでもないので、とっさに断る理由が全く思いつかない。それにここで断るのもなんだか男らしくない。

「……やります」

しぶしぶ諦めたように返事をすると、再び大きな拍手に包まれる。決まってしまったからには仕方がない。それなら先ほど賛成を促した悠人と拓也の二人にも大変そうな役割を与えてしまえ。もうやけくそだ。

「じゃあ悠人は体育祭委員、拓也は文化祭委員な。賛成の人は拍手」

「ええっ？」

「ちょっ……」

まるで待ち構えていたかのように即座に拍手の嵐が巻き起こる。同じクラスになってまだ一週間だというのに、こんなにクラスの一体感を生み出せたことに不思議な気分だが、委員長を押し付けられたときの不満は清々しいくらいに吹き飛んでしまった。うすうす気づいてはいたが、存外僕は雰囲気に流されやすい単純な性格みたいだ。いつもクラスでは目立つ中心メンバーにはいたけど、自分が委員長のように率先してみんなを引っ張るような大役を任されたことはなかったので、初めての経験に胸が高鳴っていた。

「体育祭も文化祭も一大イベントだからきっとやりがいがあるわよ。委員長の黒田くんと副委員長の佐竹くんと一緒に進めることも多いから、仲よし四人組だと心強いね」

母親のように優しいまなざしで一連の流れを見守っていた先生は二人がやってくれることを確信しているようで、もう確認の言葉はない。

「じゃあ黒田くん、佐竹くん、前に出てもらってさっそくほかの委員を決めてもらおうかな」

ギーッと椅子を引いて机の隙間の細い通路をぬって、教室の一番前の教卓に二人で並ぶ。授業中に当てられて黒板の前に立つことはあっても、こうやって大勢と対面するとやっぱり緊張で手足が少し震えてしまう。背中を向けて立つのとこうしてみんなの視線を浴びるのとではこうも景色が違うのか。対して照れながらもへらへらと頭をかく余裕がある隼人は肝が据わっていると感心してしまう。

「えーと……」

「書記だよ書記。決まったの書いてもらおう」

「そうだな」

さすがというべきか、こんなお調子者でも委員長経験者が隣にいると心強い。透頑張れなんて冷やかしなのか応援なのかあいまいな声援が聞こえたところで改めて向き直る。

「じゃあ、書記をやってくれる人は立候補をお願いします」

「………」

左右を見渡すがなかなかみんな目を合わせてくれない。先ほどまであれだけ盛り上がりを見せていた教室がしんと静まり返る。僕は相当困った顔をしていたのだろうか、その沈黙を破ったのは意外にも雪野さんだった。いつも教室の隅っこの方で宿題や小説なんかの真面目な話をしていてあまり目立たない彼女が手を挙げるのにはすごく勇気が必要だったことは容易に想像がつく。

「私……でもいいですか？」

おずおずと顔の横に小さく手を挙げる彼女を見つけて口元が緩む。もちろん、と僕が言う前に隼人が目を輝かせてお礼の言葉を伝えて、拍手を促していた。

「じゃあ雪野さん、さっそくだけどこれまでに決まった役割を書いてもらってもいいかな？」

「わかりました」

僕より数段緊張している彼女を見ると、しっかりしなければという気持ちが自然に湧いてくる。

「委員長……黒・田・透……、副委員長……佐・竹・隼・人……っと」

聞こえるか聞こえないかほどの小さな声でつぶやきながらコツコツと音を立てて黒板に役職を書いていく。彼女らしい丁寧で小さな文字。彼女の後ろ姿を見るのに夢中な隼人はさておき、早いところ残りを決めてしまおう。


重要な役割が先に決まったからか、そのあとはあっさりと決定した。みんな現金だなと思いながらも最初の仕事を終えたことに安堵の胸をなでおろし、三人それぞれ自分の席に戻っていった。

＊

「雫ちゃんが書記なら俺は委員長に立候補するんだった……」

帰りのホームルームを終えて教室に残っている人はもうほとんどいない。日が長くなってきたとはいえ、まだ春先だから窓の外は夕焼けでオレンジ色になっている。入学式の翌日から入部したサッカー部の練習に行くための支度をしていると、隣の席の隼人はひどく落ち込んで机の上に置いたカバンに頭をうずめては何度もため息を繰り返している。

「楽しようとするからだろ」

「透だって俺が去年委員長で大変な思いをしていたのを知ってるだろ？」

「だからって僕に押し付けるなよ」

「……透にかっこいいところ全部取られたし」

ふくれっ面でこちらに目を向けてくるけど、そんなことを言われたって今回のことは自業自得だろう。僕を委員長にしたことには微塵も悪びれる様子もないし、本当に困ったやつだ。

「隼人はずっとデレデレ雪野さんの後ろ姿ばっかり見てかっこ悪かったもんな」

「嘘？　俺かっこ悪かった？」

ねえ、ねえ、とちょうど通りがかった拓也の袖をつかんで涙目で確認している姿はまるで小さい子供のようだ。

「かっこいいか、かっこ悪いかでいえば後者だけど、そんなことより隼人が雪野さんに気があることは本人以外にはばれたよな」

「――嘘だろ」

拓也の言葉を聞いてうんうんとうなずく僕を見て、先ほどよりも絶望の表情を浮かべている。ついには頭を抱えてしゃがみこんでしまった。

「そもそも隠す気ないじゃん」

「いやいや、隠してるよ。思いっきり」

「ばればれだよ」

ことあるごとに雪野さんに熱視線を送っては、その視線に気づいて振り向く彼女と目が合ったなんて大げさに浮かれているのに、好意が隠せていると思っていることが逆に驚きだ。そんな嘘のない馬鹿正直な隼人だからこそ信頼できるんだけど。

「そんなことより」

「――そんなことってなんだよ」

ごめん、ごめん、とつい口をついて出てきてしまった言葉に、しまったと思いとっさに謝った。本気で悩んでいるようだから今の言葉は失言だった。不満げな隼人と僕の間に拓也が即座に入って助け舟を出してくれる。

「過ぎたことは仕方ないんだから。それよりも隼人が雪野さんに気があるってみんなが気づいたら、気を遣ってライバルは減るんじゃない？」

「その発想はなかった。天才だな」

拓也の言葉に納得したのか、先ほどとは打って変わってぱあっと明るい笑顔になった。

そんな様子を見て、僕も拓也もやれやれと思いながら再び机の中の教科書を鞄に詰め始めた。

「拓也、そろそろ行かないと先輩たちに怒られるぞ。隼人も。野球部は遅れたら外周一周追加じゃなかったっけ？」

隼人と同じ野球部に入部した悠人は部活の準備当番とか言って、ホームルーム終了のチャイムと同時に教室を出ていった。今ごろはもうウォーミングアップでも始めているのではないだろうか。

「やべっ、そうだった。俺先に行くわ。また明日」

「……じゃあな」

さんざん隼人の恋愛相談を聞かされたのに、本人は足早に走り去ってしまい、教室には僕と拓也だけがぽつんと取り残された。

「……隼人って昔からあんな感じ？」

「そうだな、でもいいやつだよ」

「それはなんとなくわかる」

いつも振り回されては一緒に怒られたり、面倒ごとに巻き込まれたりしてばっかりだけど、なんでか隼人をかばってしまうような返事をしてしまう。今日くらい恨み言の一つ言ったところでバチは当たらないと思うのだけど。でも、まだ一週間の付き合いにもかかわらず、いいやつという言葉に同意してくれた拓也の言葉が嬉しくて、自然と笑みがこぼれる。そんな拓也もいいやつなんだろう。

「俺らもそろそろ行くか」

促されて椅子から腰を持ち上げ、パタパタと音を立てながら二人で教室をあとにした。

第三章「一筋の涙」

「あー……もう集中力切れた。もうほんと無理」

静かな図書室の沈黙のなか、隼人の声とぱんっと教科書を閉じた音だけが響く。隼人は天井を仰いで中途半端に口が開いている。

「俺も。ちょっと休憩しようよ」

僕の同意を求めるよう視線を送って悠人がそう言う。時計に目をやると時刻は十八時半を少し回ったところ。先ほど隼人に懇願されて休憩してからまだ三十分もたっていない。

「だめ」

「透の言う通り。もう少し頑張れよ」

手元の問題集から視線を外さないまま拓也は言う。

「出た、ガリ勉サッカー部コンビ」

唇を尖らせた表情で隼人は僕たちに交互に指をさしてくる。この数日で何度このやり取りを繰り返しただろう。入学してからの四か月でわかったことは、この何かと目立つ四人組の中でも、サッカー部の僕と拓也、野球部の隼人と悠人とでは気質が異なるということ。

夏休み明けの実力テストまでの一週間は部活が休みになる。毎日こうやって四人で図書室に来て勉強をしているんだけど、隼人と悠人の集中力のなさにはほとほと困っている。

「いいよな、透も拓也も勉強できて。な、隼人」

「ほんと、透は昔から成績上位なんだよ」

「いや、みんな期末テストはだいたい一緒の順位だったじゃん」

宿題を忘れてくるのが常連になっている隼人、そして居眠り大王の悠人。いつも不思議に思うのだが、この二人も別に勉強ができないわけではない。むしろ騒がしいだけで僕たち四人組は学年の中でも成績はいい方だ。この学校は上位二十位までは掲示板に名前が貼り出されるのだが、四人ともそこに名前が載っているくらいだ。隼人や悠人に限って夜な夜な勉強しているなんて想像できないし、塾に通っているわけでもないから地頭がいいんだと思う。

だからといって二人の誘いに乗ってサボるわけにもいかない。一学期の授業が全部テスト範囲になるし、あまりにも悪い点数だったら放課後はしばらく補習があって部活に行けなくなると先輩たちが言っていた。炎天下のなか、朝から晩まで練習に明け暮れてチームの士気が高まっている夏休み明けだ、それだけは何としても避けたい。

「教科書見てたって覚えた気がしないんだよ」

ぱらぱらと雑にページをめくりながら隼人は言う。

「拓也みたく問題集やりなよ」

「授業で使わないから家に置いてきちゃったよ」

「俺も」

「まったく……」

つい頭を抱えてしまう。この二人は余裕があるんだかないんだか。授業をしっかり聞いて毎日家でも復習している僕だって今回の範囲の広さに焦っているというのに、能天気でいられるのは少しうらやましくも感じる。拓也はそんな二人を気にも留めず、図書室に来てからの一時間半、黙々と問題集を進めている。普段は冗談も言うし、悪ノリもするけど、やるときはやる。その姿勢にいつも感心している。

「あの、勉強中にごめんね。ちょっといいかな?」

「雫ちゃん! 雫ちゃんもテスト勉強?」

隼人はろくに勉強していなかっただろ、と突っ込みたくなるのを抑えて彼女の方に顔を向ける。彼女もまた、テスト期間は毎日図書室に来ては隅っこの方で一人黙々と問題集を解いている。

「うん、数学のこの問題がどうしても解けなくて」

「俺に任せてよ」

雪野さんにいいところを見せるチャンスだと前のめりになる隼人の姿も見慣れてきた気がする。最初はそんな隼人の勢いに押されて困っていた様子だった彼女も、夏休み前の体育祭の準備でクラス委員の僕たちといる時間が多かったからか、最近は自然に会話もするようになったし、こうやって時々だが勉強の相談をするような仲にもなっていた。かくいう彼女も成績はかなりいい。この間の中間テストではクラスでトップ、学年でも三位だった。

「んー……、ん？　これは……、こうだから……ん？」

「雪野さんに解けない問題を隼人が解けるわけないじゃん。数学は透に聞いた方がいいよ」

悠人の言葉に隼人はちょっとだけムッとした表情になるが、しぶしぶと僕に問題集を手渡す。

「あー、これ僕も悩んだところだ。紛らわしいけどこっちの公式を使うんだよ」

「あ、そっか。じゃあこうなって……」

「そうそう、それであとは答えが出ると思うよ」

「……できた！　ありがとう黒田くん」

「ううん、ほかの教科で僕たちがわからない問題があったときは教えてよ」

「うん」

霧が晴れたように明るい表情になった彼女はぺこっと小さく頭を下げて、パタパタと元の席に戻っていった。

「……俺が教えたかったのに」

「だったらちゃんと勉強しなよ。それかわからないところがあるなら雪野さんに聞いて一緒に勉強すればいいのに」

「わかってないな、それじゃあかっこつかないんだよ」

それもそうだなと納得し、そのあとはみんなで下校時間ぎりぎりまで珍しく真面目に机に向かっていた。

＊

実力テストが終わると新人戦に課外学習、合唱コンクールと盛りだくさんの行事にクラス委員として駆り出され、あっというまに少し肌寒い紅葉の季節になっていた。エアコンのない教室の蒸し暑い空気に嫌気がさしていたのもいつの間にか忘れるほどに過ごしやすくなった。

始業を伝えるチャイムが鳴ってしばらくすると、ガラガラと教室のドアを開く音と同時に、石川先生が入ってくる。

「おはようございます。はい、みんな席に着いて。大事なお知らせがあるから」

先生は教卓に向かいみんなが席に着くのを見渡す。

「来週の水曜日は授業参観があります。三組は国語の授業になるので、作文発表会を行いたいと思います」

えー、という不満の声を一蹴するように先生はパンっと軽く手をたたく。授業参観では担任の先生が担当する教科の授業をするということで、僕たちのクラスは国語になったようだ。

「みんながこうやって毎日生活できているのはお父さんやお母さんが毎日支えてくれているからです。せっかく保護者の方々がみんなの授業風景を見に来てくれるので、私たちは中学生になって成長したよってことを伝えられる大切な場なの。だからみなさんには『感謝』をテーマに、授業参観までに作文を書いてきてもらいます」

ざわざわとみんなが周りと目を見合わせている中、原稿用紙が配られる。確かに改めて家族への感謝を作文にするなんて気恥ずかしいなとは思ったが、隣の二組は音楽だから合唱発表会、一組に至っては体育でダンス発表会だと聞いている。それに比べたら僕たちのクラスの方がましだろう。

「透はいいよな、お母さん優しくてきれいだし、料理もうまいんだからいくらでも書けるよな」

そんなことないよ、と隣の隼人に答えようと顔を向けると、その奥でうつむいている雪野さんが目に映った。

（……泣いてる？）

きちんと表情は見えなかったが、一筋、涙が見えた気がした。光が当たってそう見えただけかもしれないが、いつも先生の目をまっすぐに見つめて話を聞いている彼女が視線を落としてうつむいている。そんな姿が一日中気がかりだった。

「……雪野さん、大丈夫？」

「え？」

彼女が驚くのも無理はない。朝の様子が気になったのに、僕が声をかけたのはもう夕暮れ時。そろそろ部活に行こう、と言う拓也に用事があると伝えて、教室で雪野さんと二人になれるときを待っていた。彼女は先生が毎週教室に飾る花に水をやって毎日最後まで残っている。頼まれたわけでもないのに優しい人だ。

「大丈夫って何が？」

「えっと……今更なんだけど、朝泣いてた？」

「…………」

目を見開いて黙り込んでしまう彼女を見て、聞いてはいけないことだったのかと急に申し訳なさでいっぱいになる。

「ごめん、言いたくないならいいんだ。ちょっと気になって。大丈夫ならいいんだけど」

どうしよう、なんて言えばいいんだろう。女子と積極的に話した経験がなさすぎて、どうすればいいのかわからず僕まで黙り込んでしまう。でも、そんな様子を見た雪野さんの口元が少しだけ緩む。

「……優しいんだね、黒田くん」

「え？」

「だって朝のことなのに、今までずっと気にしてくれていたんでしょ？」

「あ……それは……」

自分でも顔が赤くなるのがわかった。一日中、雪野さんのことを気にしていたと言っているようなものだ。急に恥ずかしさが押し寄せてきて彼女の顔から目をそらした。

「……宿題あったでしょ、作文」

「うん」

「私ね、お母さんが死んじゃっていないの」

「――え？」

眉を下げて困ったような、泣きそうな、そんな表情を隠すように彼女は僕に背を向ける形で窓の方を向く。あのね、と小さくつぶやいたあと、彼女は僕に過去の出来事を話し始めてくれた。

「私が幼稚園のとき、熱を出して早退することになって、お母さんが迎えに来てくれることになったの。だけどいくら待ってもお母さんは来なくて、そしたら真っ青な顔でお父さんが迎えに来て……」

泣くのをこらえているんだろう。目元を押さえて一息おいて続きを話し始める。

「あのときはよくわからなかったんだけど、お母さんとはもう会えないってお父さんに言われて、大人の人たちがひそひそ話しているのを聞いているうちにだんだん理解できるようになって。私を迎えに来る途中で車に轢かれたんだって」

「…………」

「私が熱を出さなければ、いつものお迎えの時間だったらお母さんは生きていたんだなって……」

私のせいだと自分を責める彼女にかける言葉が見つからなかった。

「授業参観はみんなお母さんが来てくれるのがうらやましいなって思ってたの。雫ちゃんのお母さんは？って小学校のときに毎年聞かれて、このことを話すと『可哀そう』って言われてなんだか複雑な気持ちになってたのを思い出したの」

「…………」

「私は『可哀そうな子』なんだって……黒田くん？」

振り向いて僕の顔を見た彼女は、すごく驚いた表情をしていた。

「黒田くん……泣いてる」

「え？」

自分では気がついていなかったが、僕の頬をつーっと温かいものが流れていた。

「え？　あれ？　ごめん、なんか……」

僕にとって、お母さんが死んでしまったという事実がすごく重く、衝撃的だった。仕事で授業参観にお母さんが来られない人はいても、身近で親が亡くなってしまったという話は聞いたことがなかった。彼女の話を聞きながら、もし自分のお母さんが死んでしまったらと想像してしまって、ひどい恐怖を感じていた。慌てて涙をぬぐっても止まることなくあふれてくる。

「ごめん……雪野さんがつらいのに……」

目の前で泣きじゃくる僕を見て、だいぶ困らせてしまったと思う。

「ごめん」

と、謝ることしかできなかった。言葉がほかに出てこない。

「やっぱり黒田くんは優しいね」

ポケットから出した花柄のハンカチを僕に差し出して彼女は微笑んだ。

「授業参観の日はお仕事で来られないけど、大好きなお父さんがいるから。それに、少し遠くに住んでいるからなかなか会えないけど、おじいちゃんとおばあちゃんもすっごく優しいの」

だから大丈夫だよ、と温かい笑顔を向けてくれる彼女の方こそ優しい人だ。僕の涙が止まるまでそばにいてくれて、お父さんが昨日料理で失敗したとか、おじいちゃんとおばあちゃんと夏休みに神社のお祭りに行ったとか、普段は静かな彼女が必死で僕を笑わせようといろいろな話をしてくれた。

授業参観の日、彼女につらい思いをしてほしくない。家に帰って、渡された原稿用紙を広げて彼女が笑顔になってくれる方法を考えていた。

*

教室中がいつもとは違った雰囲気に包まれている。後ろの方には保護者がずらりと並んでいる。中学生になって最初の授業参観だからか、多分ほとんどの生徒の保護者が来ているのだろう。生徒の数とほぼ変わらない人数が教室に押し込められている。背中からの視線になんだか少し居心地が悪いような、そんな緊張感がクラス中に漂っている。手を振られて満面の笑みで応える悠人、「拓ちゃん」と家での呼び方で声をかけられ恥ずかしそうにしている拓也。そんな様子をぼーっと眺めていた。

「ではみなさん、授業を始めたいと思います。保護者のみなさんも今日は一年三組の授業にお越しいただきありがとうございます。中学生になったこの子たちの成長を温かく見守っていただければと思います」

いつもよりも丁寧な口調で話す石川先生に、僕の背筋もピンと伸びる。隣の席の隼人はまだきょろきょろと周囲を見渡して落ち着かない。すると、何かに気づいたように僕に小声で話しかけてきた。

「ねえ、透のお母さん来ていないようだけど？」

「うん、急に忙しくなっちゃったみたい。だから今年は来ないよ」

「小学校のときは毎年来てたのに珍しいな。俺の母さん、今日の授業参観が終わったら透のお母さんとお茶でも行こうかなって朝から浮かれてたよ」

「あー……ごめんなさいって言っておいて」

「まあ忙しいなら仕方ないよ」

そんな僕と隼人の会話が聞こえていたのだろう、雪野さんが心配そうな顔でこちらに視線を送る。僕はそれに気づかないふりをして、自分の発表の順番を待っていた。

「――では、次は黒田くん」

はい、と言って立ち上がり、雪野さんの方に気づくか気づかないかくらいの笑顔を向けてから、大きく息を吸い込む。

「『感謝』一年三組、黒田透。今日、僕の両親はここに来ていませんが、日ごろの感謝の気持ちを作文に書いてきました。いつも僕のことを大切に思い、支えてくれて――」

みんなと違って保護者が来ていないからか、普段だったら気恥ずかしくて言えない感謝を綴ったこの作文も堂々と読むことができる。

「――これからも感謝の気持ちを忘れずに、日々頑張っていきたいと思います」

拍手の中、一礼して席に腰を下ろすとほっとした気持ちもあったが、ほかのみんなのように喜んだり、感激で涙を流すお母さんの姿を見られないことにちょっとだけ寂しさを感じていた。雪野さんはずっとそんな、いや僕とは比べものにならないほどの寂しさを感じていたのかと思うと、せつない気持ちが押し寄せてくる。

(でも、今日はこれでいいんだ)

「ではみなさん、保護者のみなさんに改めてご挨拶しましょう。起立」

『ありがとうございました』

大きな拍手に包まれたと同時に、授業の終わりを知らせるチャイムが鳴る。みんなはそれを合図にお母さんたちの元に駆け寄っていくが、居場所がないような気がしてすぐに廊下に出ていくことにした。

「――嘘でしょ!」

複雑な気持ちで足を進めていると、急に腕を強く引かれて振り向く。僕の腕を引いていたのは雪野さんだった。慌てて追いかけてきた様子だ。

「絶対に嘘。急に忙しくなったのに、最初から作文に今日は来てないなんて書くはずないもん」

いつも小さく細い声で話す彼女のこんなに強い口調は初めてだ。まっすぐに目を見つめられて、ごまかせない雰囲気だということがひしひしと伝わってくる。

「……ごめん、でも気を遣ったわけじゃないんだ」

「お母さんに来ないでって言ったの？」

「ううん、教えてないんだ。今日が授業参観だって」

「…………」

「この前雪野さんの話を聞いてから今日のことを想像したんだ。そうしたらなんだかずっともやもやした気持ちがなくならなくて。でも、僕がそうしたくてしたことだから」

「……本当に優しいね」

小さくつぶやくようにありがとう、と言うと同時に彼女の瞳が潤んだのがわかった。でもこの前の放課後のような困った表情ではない。ごしっと手の甲であふれそうな涙をぬぐった彼女は満面の笑みでもう一度、今度は大きく「ありがとう」と言って教室に戻っていった。

部活が終わって自宅の玄関を開けると、僕のお母さんはカンカンに怒って玄関に突っ立っていた。隼人のお母さんから電話があって、今日が授業参観だということを聞いたらしい。その後、僕の部屋のごみ箱にあったぐしゃぐしゃになった『保護者へのお知らせ』を見つけたという。本当のことを言えばきっとすぐにお説教は終わったと思うけど、クラスの女子のために秘密にしていたことを話すのは思春期の僕にはハードルがとても高かった。

中学生になっても親が授業参観に来るのが恥ずかしいと思ったから、なんて適当な理由を言ったから余計に怒らせてしまったけど、雪野さんの笑顔を見てから僕のもやもやしていた気持ちはすっかり晴れていた。

＊

「雫ちゃんと何かあった？」

最近、隼人からよくこの質問をされる。

「んー、何かって？」

「だからその何かを聞いてるんだって」

僕の机にもたれかかって、怪訝そうな表情で顔を覗き込んでくる。隼人が言うには、最近の雪野さんは僕にだけ『トクベツ』心を開いているらしい。何かと言われれば、二か月ほど前の授業参観のことが頭をよぎるけど、そのあとに文化祭もあったからクラス委員の僕と隼人は必然的に書記の雪野さんと接する機会は多かった。文化祭委員の拓也だってそうだ。

それに、以前はクラスの端っこの方で物静かに過ごしていた彼女も、文化祭の準備をしているうちに、目立つタイプの女子たちともときどき話すようになっていた。だから隼人がいうような『トクベツ』を僕自身は感じたことがない。それに、もし授業参観の日の出来事がそうだとしても、お母さんが亡くなっていることを言いふらすようで、いくら僕と隼人の仲でも言わない方がいいだろうと思っていた。何かのきっかけで知るところになったとしても、僕の口からというのは彼女も望んでいないだろう。

「だって宿題の相談はいつも透にしてるし」

「それは隼人が宿題やってないことを知ってるからだろ」

「それに委員会の相談だって透とばっかりだし」

「それも隼人がふざけるのをわかってるからだろ」

「……雫ちゃんからの俺の印象悪くない？」

「だったらもうちょっと真面目にすればいいだろ」

　そんなやり取りをしていると、隼人もこの話題に関してそれ以上は追及してこないようだ。

「まあいいや。でも抜け駆けはやめてくれよ」

「はいはい、わかってるよ」

　僕にとっての雪野雫さんは、クラスメイトの一人で、委員の仕事でちょっとだけ接点があって、落ち込んでいたり悩んでいたりするときは助けてあげたい、そんな女の子だった。

第四章「何もない」

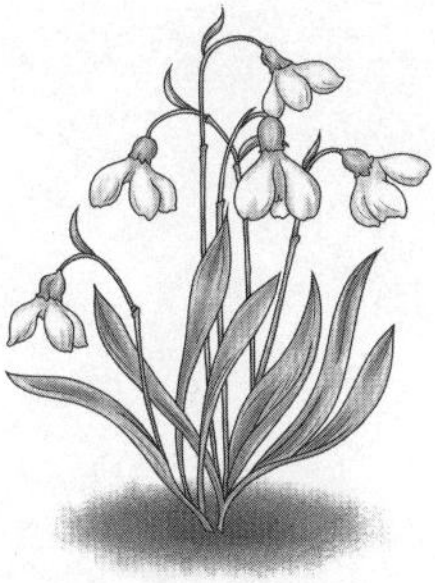

「寒い……」

　ぽつりと拓也がつぶやくのを聞いて、窓の外に目をやると雪が舞っている。まだ十二月になったばかりだというのに、今年は特に寒い。都内で雪が降ることなんてほとんどないから、もの珍しさに少しだけ見入っていた。

　中学三年生になった僕たちは部活も引退して、受験勉強に明け暮れていた。今日も放課後に図書室に残って拓也と向かい合って過去問を繰り返し解いている。

「なあ透、最近隼人と悠人見ないけど、あの二人ちゃんと勉強してるの?」

「隼人は先月から冬期講習に通ってるんだって。真面目に勉強しないからお母さんが怒って勝手に申し込んだらしいよ」

「ついに観念したのか」

「しぶしぶだったけどね。今は結構真面目に勉強してるよ」

　二年生になるときにあったクラス替えで、僕と拓也のサッカー部組は一組、隼人と悠人の野球部組は四組になった。クラスが離れてからも僕たちはよく一緒に遊んでいたし、四人ともクラス委員を続けていたから委員会で顔を合わせることも多かった。秋ごろまでは放課後一緒に図書室に残っていたんだけど、このところ隼人と悠人が図書室に来ることはほとんどなくなった。受験も近づいているんだし、いつまでも四人で仲よくというわけにもいかないだろう。それでも幼馴染で家が近い僕と隼人は家族ぐるみで休日も会うことが多かったから、隼人の状況はよくわかっていた。

「悠人は？」

「あー……なんか噂では彼女ができたとかで、教室で一緒に勉強してるみたいだよ」

「――マジで？」

図書室にいるということも忘れて、ガタガタっと音を立てて立ち上がる拓也。大きな声を上げてしまったことにはっとして、申し訳なさそうに周囲に頭を下げて座り直す。

「俺聞いてないんだけど」

「僕も本人からは聞いてないけど、クラスの女子が話してた」

「……悠人のやつ、そういう大事なことは教えろよな。で、誰と？　いつから？」

拓也はもう勉強が手につかないようだ。興味津々で僕の言葉を待っている。

「僕もあんまり詳しくないんだけど、野球部のマネージャーだった川村《かわむら》さんだって。一年生のときに同じクラスだった。引退してすぐに悠人から告白したらしいよ」

「えー、あの悠人が意外だな。川村さんってあのおとなしい子だろ。それこそ雪野さんとよく一緒にいた」

「そうそう。でも前に部活の話をしてたとき、悠人が川村さんのことを一生懸命でいい子だって話してたよ」

その話をしたのはもう一年以上も前だけど。多分そのころから悠人は川村さんのことが気になっていたのだろう。僕自身、川村さんと話したことはほとんどなかったけど、彼女の名前はよく悠人の口から耳にしていた。

「悠人と川村さん……ね」

拓也はまだ悠人に彼女ができたという事実に信じられないといった様子でいる。僕も噂で聞いたときはすごく驚いた。明るくてお調子者で、勉強もスポーツもできる悠人はなんだかんだモテる。だからこそおとなしい川村さんと付き合ったということが衝撃だったのだろう。

「川村さんがどうしたの？」

雪野さんがひょこっと僕たちの間から顔を覗かせる。今日も図書室の隅っこで勉強をしていたようで、数冊の参考書を胸に抱えている。雪野さんも僕たちと一緒の一組。三年間同じクラスだ。このころにはもう仲よしといっても誰も否定しないくらい親しくなっていて、たわいのない話を自然にするようになっていた。

「悠人いるじゃん、川村さんと付き合ったんだって」

はあ、と大きなため息をつきながら拓也は答える。

「知ってるよ、告白されたってすごく嬉しそうだったもん」

「受験生の本分は勉強だろ」

投げやりに拓也はそう言うと、頬杖をついて再び大きくため息をついた。

「二人で同じ高校に行こうって、頑張ってるみたいだよ」

そうやって一緒に頑張れるのって素敵だよねと、彼女から笑みがもれた。彼女がこういった話をしているのは三年間一緒にいても聞いたことがなかったから、興味がないんだろうなんて感じていたけど、楽しそうにしているのを見ると、やっぱり女の子なんだなと思う。

「雪野さん、隼人はどうなの？」

「佐竹くん？」

「――おい、拓也」

さすがに本人に聞くのはまずいだろうと思い制止するが、彼女はきょとんとしている。何のことを聞かれているのかわかっていないらしい。クラスが離れてからも熱烈なアプローチを受けているにもかかわらずこの様子では、ちょっと隼人が不憫な気もする。雪野さんはいわゆる恋バナには興味があっても、自分に向けられた好意には鈍いらしい。

「あー……隼人、最近塾で勉強頑張ってるみたいで」

ちょっと苦し紛れだがなんとか話題をそらす。

「そういえば最近図書室で見かけないね」

きょろきょろとあたりを見渡しながら言う。

「そういえば、透と隼人って雪野さんと志望校一緒なんだっけ?」

「え? 黒田くんたちも東銘高校なの?」

「第一志望はね。でも偏差値ギリギリ」

「黒田くんと佐竹くんと同じ高校に行けたら心強いな。一緒に頑張ろう」

小さく胸の前でこぶしを握って、彼女は嬉しそうにしている。隼人も第一志望は僕と一緒だけど、悠人と拓也は別の高校を志望しているから、僕にとっても親しい人が同じ高校なのは心強い。

三人でひとしきり進路の話とか、勉強の進捗なんかを話していると、見回りの先生がやってきた。

「そろそろ下校時刻になるぞー。あとは家に帰って頑張ってくれ」

いつのまにかだいぶ時間がたってしまっていたようで、図書室以外の教室の電気はすでに消されていた。学校に残っているのはもう僕たちだけらしい。窓の外も真っ暗だ。

「――え？　もうそんな時間？」

雪野さんは慌てた様子で時計を見る。

「引き止めちゃってごめん、何か用事があった？」

そわそわしている彼女が心配になって不安そうに顔を覗き込む。

「あ、ううん。近くの八百屋さん、もう閉まっちゃうなって思っただけ。今日はまだ残りものでなんとかなるから大丈夫」

「え？　雪野さんがご飯作ってるの？」

驚いたように言う拓也の言葉で、雪野さんの家の事情を思い出して申し訳なくなってしまう。恐らく拓也は彼女のお母さんが亡くなっていることは知らないはずだ。彼女はそういう自分の話を積極的にするようなタイプではない。

「えっと……私、お母さんが小さいころに死んじゃって……お父さんは仕事で帰りが遅いから、平日は私が夕食当番なの」

「……そう、だったんだ」

あの日の僕と同じように、拓也も返す言葉が見つからず、複雑な表情で沈黙になる。

「あ、そんな顔しないで。寂しいのはもちろんあるけど、お父さんがいてくれるし、それに私料理好きだから」

「……全然知らなかった。大変なんだな」

「何か僕……いや、あんまり無理しないでね」

「ありがとう、でも本当に大丈夫だよ」

何か僕にできることがあったら、と言いかけてやめた。彼女とは三年間クラスが一緒だとはいえ、彼女の家のことにまで口を出すのはどうかと思ったし、彼女がどのくらい大変な思いをしているかなんて僕には想像ができなかった。それに実際僕にできることも思いつかなかった。

家に帰れば玄関には明かりが灯っていて、おかえりってお母さんが出迎えてくれて、温かいご飯がある。そんな日常が当たり前だと思っていた。でも雪野さんは以前一人っ子だと言っていたから、きっと誰もいない暗い家に帰って、夕食の支度をして一人でお父さんの帰りを待っているのだろう。

校舎を出て、三人で並んで帰路につく。

「今日は昨日のカレーでカレードリアにしようかな」

「え？　ドリアって作れるの？」

「案外簡単なんだよ。ご飯の上にカレーとホワイトソースでしょ、あとはチーズをかけてオーブンで焼くだけなの。お父さんの大好物なんだ」

「雪野さんすげー！　俺の家なんて冷凍のドリアだよ」

沈んでしまった空気を察したのだろう。明るい調子で彼女は話す。一年生の授業参観の数日前、僕が雪野さんのお母さんの話を聞いて泣いてしまったときも、こうやって明るい話題を振ってくれた。


優しくて、一生懸命で、穏やかで、そんな彼女には笑顔でい続けてほしい。雪野さんと拓也と別れ、一人暗い道を歩きながらそう願っていた。

＊

「おはようございます。はい、みんな席に着いて」

担任は三年間ずっと石川先生だ。いつもと変わらない朝の風景。でも、いつもと違うのは、雪野さんがまだ学校に来ていないこと。これまで遅刻は一度もないから、体調でも崩したのだろうか。ここ最近は冷え込んだ日が続いていたし、図書室も遅い時間になると暖房が切られてしまってかなり寒い。昨日遅くまで残っていたせいだろうか。

「えー……先生はこのあと職員室に戻らなければいけないので、出欠を取ったら日直の人はホームルームをお願いします」

いつもと変わらない朝、というのは一変した。先生の声は暗く、表情が曇っている。そんな雰囲気をクラス中が感じたのか、いつもは席に着くまでがやがやとして時間がかかるのに、今日はすぐにみんな席に着くと、時が止まったようにしんとする。

「……雪野さんは家庭の事情でしばらくお休みします。あとは全員そろっていますね」

先生は落ち着かない様子で、出席簿をぎゅっと強く抱えている。雪野さんに何かよくないことがあったということがすぐに理解できた。不安を感じて拓也の方に視線をやると、すぐに目が合った。拓也もこわばった表情でこちらを見つめている。

「では、あとは日直の人にお願いしますね」

小さく頭を下げると、ヒールの音をカツカツ鳴らしながら先生は小走りで教室をあとにした。教室中がざわざわと落ち着かない。不穏な空気のまま、連絡事項の確認と今日の時間割の確認を終える。そのまま一時間目の授業が始まるのを待っていると、廊下をバタバタと走る音が近づいてきた。

「――透！　拓也！」

息を荒らげて乱暴に教室のドアを開けて入ってきたのは隼人だった。

「今朝のニュース、知ってるか？」

『え？』

拓也と声がそろう。二人で目を見合わせるが、わからないと首を振る。

「昨日の夜遅くに、グラウンドの横をまっすぐ行ったところにある家で火事があったんだよ。噂だとうちの学校の生徒の家らしくて、誰か亡くなったって」

「――えっ」

顔からさーっと血の気が引いていくのを鮮明に感じた。嫌な予感が背筋を冷たく流れていった。隣に並ぶ拓也も足が震えている。

「……知ってるのか？」

「――拓也、ごめん。次の授業に遅れるって先生が来たら言っておいて」

「……わかった」

「え？　どうしたんだよ、とお――」

　強く隼人の腕をつかみ、僕は全力で走り出していた。困惑しながらも隼人は僕の様子にただごとではないと悟っていた。

「……もしかして、一組の？」

「……雪野さん、今日来てない」

「――え？」

　立ち止まりそうになる隼人の腕を再び強く引き、息を切らしながら僕は続ける。

「さっき、先生が。しばらく来れないって、理由は、聞いてないけど」

「嘘……だろ」

　先生は確かに雪野さんは「休む」と言っていた。でも、隼人の言っている今朝のニュースでは誰かが「亡くなった」と言っている。考えたくはないが、ひどく嫌な予感がする。動悸がして胸が苦しい。

「なあ、嘘だろ！」

　強い口調で僕を責めるように言う隼人は、唇を震わせ、涙を浮かべていた。

「わからない！　僕だって嘘だって思いたいよ！　だから先生のところに……」

　これ以上、言葉が続かなかった。全力で走っているせいなのか、不安と恐怖で胸が締め付けられそうになっているからかわからない。一階まで下りて職員室の前でほんの少しだけ息を整え、震える手を無理やり押さえつけてドアに手をかける。

「――石川先生」

その声に石川先生と教頭先生が振り向く。ほかの先生はもう授業が始まるからか職員室にはいなかった。

「黒田くん、それに佐竹くんまで。もう授業が始まるでしょ、教室に戻りなさい」

先生がそう言うのが先か、同時か、隼人がぼろぼろと泣き出した。

「……あの、昨日火事があったって。それってもしかして」

引きつった顔で、石川先生は教頭先生に確認するように視線を送る。教頭先生が小さく頷くと、先生は僕たちの方に向き直り、まっすぐ視線を合わせる。

「もうニュースにもなっているから、あなたたちの耳にもすぐに入ると思うけど、昨日雪野さんのご自宅が火事になったの。雪野さんは今病院にいるけど、軽いやけどで済んだと聞いているわ」

その言葉に全身の力が抜けて、ほっと安堵の胸をなでおろす。隼人も安心したせいだろう、声を上げて小さい子供のように泣きじゃくっていた。

「……ただ」

再び空気が凍り付く。そして先生は深く息を吸って言葉を続ける。

「雪野さんのお父さんは逃げ遅れて亡くなったの」

『——えっ』

「雪野さんはそのことでひどくショックを受けているの」

『…………』

雪野さんのお父さんが亡くなった、その言葉を聞いて全身がこわばった。昨日の帰り道、雪野さんはお父さんの大好物を作るんだって楽しそうに話してくれた。優しくて大好きなお父さんだと以前話してくれたこともあった。雪野さんはお父さんと二人暮らしだ。そのお父さんを亡くしてしまった彼女の気持ちを考えると胸が締め付けられるように苦しい。

「……雪野さんのご自宅のことは聞いている？」

先生の問いかけに、僕は茫然としながらもなんとか頷いて、そして隼人に説明する。

「雪野さん、小さいころにお母さんが亡くなって、お父さんと二人だけで暮らしているんだよ」

「……じゃあ、雫ちゃんは？」

僕の服の裾を弱々しくつかむ隼人を見て、僕も感情をこらえられなくなった。心を引き裂かれるような、感じたことのない悲しみに、涙があふれてきて声を詰まらせる。

「雪野、さん……多分、今一人で……」

「…………」

二人とも、もうこれ以上言葉が続かない。肩に優しく置かれた手に視線を上げると、先生も唇を噛みしめながら目にいっぱいの涙をためていた。

「黒田くんも佐竹くんも、雪野さんとは一年生のころから親しかったから、心配だよね。今朝、警察の人から学校に連絡があって、雪野さんはお父さんを亡くしたショックで話せる状況じゃないと聞いているの。いつ学校に来られるようになるかわからないけど、雪野さんが戻ってきたら支えてあげてくれるかな？」

『――はい』


この日、僕と隼人は早退した。先生が先に僕たちの家に電話をして事情を話してくれたから、お母さんは何も言わずに優しく僕を抱きしめてくれた。また涙があふれそうになるのを必死で我慢する。最後にお母さんに泣いているのを見られたのは小学校の高学年のとき以来だったと思う。僕も少し大人になったから心配をかけたくなくて、大声で泣き叫びたい気持ちをぐっとこらえていた。

死というのはずっと他人事だった。ニュースで誰かが亡くなったと聞いて悲しい気持ちになることはあっても、どこか遠くの知らない人のことで、ピンときていなかった。それがクラスメイトが昨日話してくれたお父さんで、そのクラスメイトにはもうお母さんもいない。彼女は今一人ぼっちだ。今彼女はどうしているだろう。寂しくて、悲しくて、怖くて仕方がないと思う。

彼女のことを思うと、いてもたってもいられない衝動が押し寄せてくるけど、中学三年生の僕は本当に無力で、できることも、かける言葉も何一つ見つからない。そんなちっぽけな自分が情けなくて、もどかしくて、部屋に戻って一人でひっそり涙を流すことしかできなかった。

*

今年の冬はいつにも増して冷え込む。都心でも数十年ぶりに二十センチを超える積雪を観測して、三学期が始まったこの日も歩道にはうっすらと雪が残っていた。高校受験までいよいよラストスパートとなり、授業はほとんどが自習だ。各々自分の苦手教科を復習したり、繰り返し志望校の過去問を解いたりしている中、僕はこの日も空席になっている雪野さんの席が気になって仕方がなかった。冬休みが明けたらきっと学校に来るから、そのとき雪野さんに声をかけようと思っていた。

「はい、では今日はここまで。みなさん受験まであと少しですから、体調管理もしっかりしながら頑張ってくださいね」

「起立、礼」

『さようなら』

いつもだったらホームルームのあとは騒がしくなるこの教室も、すぐに静まり返る。教室に残って勉強の続きをする人、足早に図書室に向かう人、帰宅して塾に向かう人、みんな受験のことで頭がいっぱいだ。

「透、今日は図書室に行く？」

「んー、ごめん。ちょっと先生に用事があるから先に行ってて」

「そっか、じゃあまたあとでな」

そう言うと拓也も荷物をまとめて足早に教室をあとにした。拓也を見送ってから、僕は四組の前を通って教室を覗いて見たが、隼人の姿はなかった。

（……今日も塾かな。一人で行くか）

職員室に向かう途中で、ほかのクラスの生徒に声をかけられている石川先生を見かけた。

「…………」

「あら、黒田くん。どうしたの？」

少し距離を置いて、先生たちが話し終わるのを待っていると僕に気づいた先生が声をかけてくれた。

「……あの、少し聞きたいことがあって」

「うん？」

「雪野さん、今日も来てないから今はどうしているのかなって」

「…………」

困っているような、悩んでいるような表情で先生は考え込んでいる。少しだけ悩んだあと、再び僕の方を見てから抱えていた手帳に何か書き始めた。

「はい、ここに連絡してみるといいわ」

丁寧に破いて僕に手渡してくれた手帳の切れ端に書かれていたのは電話番号だった。

「雪野さん、今は隣町のおじいさんとおばあさんの家にいるの。この間雪野さんのおばあさんと連絡をしたとき、もう三年生だしこの学校で卒業させてあげたいって言っていて、高校も都内がいいだろうってことで、こっちに引っ越してくるみたいよ」

「――じゃあ、また学校に来られるんですか？」

「ええ、今日の始業式には間に合わなかったけど、来週あたりから。長くお休みしていたから、その前に仲よしの黒田くんから連絡があったら心強いんじゃないかな？」

先生からも仲よしだと思われていることに少し恥ずかしくなったけど、三年間同じクラスで過ごして、行事のたびに一緒に頑張ってきた仲間だ。火事の前日も一緒にいて、それからずっと彼女の様子が気になっていた。

「ありがとうございます。今晩、電話してみます」

深々と先生に頭を下げて、僕は走って家に帰った。拓也を図書室で待たせていることはすっかり忘れてしまっていたけど、先生がくれた電話番号が書かれた紙を大事に握り締め、軽快な足取りになっていた。


（…………さて）

電話しよう、そう思ってからもう二時間が過ぎた。

よくよく考えたら、女子の家に電話をするのなんて、小学校四年生のときに仲がよかったグループで遊ぶ約束をしたとき以来だったような気がする。そのころ僕はまだ子供だったし、男子が女子の家に電話をすることに対しても深く考えていなかった。僕も雪野さんもまだ携帯電話を持っていないから、彼女がすぐに出てくれるとは限らない。おじいちゃんやおばあちゃんが先に出たらどうしよう。引っ越しですごく忙しいかもしれない。それに第一、彼女になんて言葉をかければいいんだろう。考えれば考えるほど、電話をかけることを躊躇してしまう。

(でも……きっと彼女は不安でいっぱいだ)

意を決して番号を押し、受話器に手を伸ばした。

〰〰〰〰♪

「はい、雪野です」

「えっ……」

ワンコールも鳴っただろうか。すぐに取られた受話器と、彼女自身が出たことについ驚いた声を出してしまった。

「……えっと、黒田……くん?」

「え? なんで……」

「声でわかるよ」

ふふっと受話器の向こうからいつもの優しい微笑みがもれたのが聞こえた。この三年間、何度も何度も僕に微笑みかけてくれた彼女が電話の向こうにいる、それを感じて少しほっとしていた。

「……電話」

「あ！　その、ごめん。先生に勝手に聞いちゃって」

彼女の言葉を遮り、急に電話をかけたことを謝る。彼女も僕から初めて電話がかかってきて驚いているに違いない。焦って言い訳と謝罪を重ねてしまうが、僕が彼女にかけたかったのはこんな言葉じゃない。

「ごめん、その……家が……お父さんが……引っ越しもするって聞いたのに……大変なときにごめん。でも、心配で……」

「ううん。電話ありがとうって言おうと思って」

「え？」

「……寂しかったから。その……お父さんまでいなくなっちゃって」

「……うん」

「怖くて、私、必死で外に出て」

「……うん」

「隣の部屋に、お父さんがいたのに……私……一人で逃げたの」

「……うん」

受話器の向こうからは、今にも消えてしまいそうな彼女の声と、すすり泣く音が聞こえた。あとから知ったニュースで、火の回りがすごく早くて、彼女の家は全焼だったと知った。そんな恐怖の中に彼女はいて、そしてそのせいでお父さんを亡くしてしまった。絞り出すような彼女の悲痛な声を、僕はただ聞いていることしかできない。

「私……ごめん……」

「……ううん」

「私のせいで……お父さんまで……」

「――雪野さんは悪くない！」

ハッとして、つい大きな声を出してしまった。「私のせい」と自分を責める彼女の言葉を聞いたのは二回目だ。お母さんが亡くなったのは、熱を出して早退する自分を迎えに来たせいだと言っていた。あのときは何も言葉をかけてあげられなかったけど、雪野さんは何も悪くない、それだけははっきりわかっていた。お父さんのことだってそうだ。誰だって火に囲まれたらとてつもない恐怖を感じて、自分が逃げることで精いっぱいだ。

「雪野さんのせいじゃない」

もう一度、今度は落ち着いた声で、しっかりと彼女に伝わるように言った。

「黒田くん……」

「すごく怖かったよね」

「…………うん」

電話の向こうにいる彼女は泣いている。彼女を励ましたかったのに、つらいことを思い出させてしまって、こうやって泣かせてしまって、僕は本当に不甲斐ない。伝えたいことの十分の一も伝えられていない。

「……私、何もなくて。お母さんがいなくなって、お父さんがいなくなっちゃって、家も何もかも……なくなっちゃって」

「…………うん」

「病院で、目の前にお父さんはいるのにもう喋ってくれなくて……怖くて」

「……うん」

「一人取り残されて、寂しくて」

「……うん」

ぽつり、ぽつり、とつぶやくような彼女の言葉を受け取る。

「でもね、おじいちゃんとおばあちゃんが来てくれて、私のことを抱きしめて雫だけでも生きていてくれてよかったって言ってくれたの」

「うん」

「それで……私のことを心配してくれる人がまだいるんだって思って……すっごく嬉しかったの」

「……おじいちゃんとおばあちゃんだけじゃないよ」

「え？」

　これだけは、絶対に伝えたかった。

「隼人も、悠人も、拓也も、それだけじゃない。先生も、クラスのみんなも、雪野さんのことをすごく心配していたよ。……それに」

　受話器をぎゅっと握りしめる。

「……僕だって」

「…………」

　しばらく沈黙が続く。その沈黙が続くにつれ、顔が熱くなっていくのがわかる。電話でよかった。もし彼女を前にして言っていたら、真っ赤になった顔を見られてしまっただろう。でも、その緊張はきっと電話越しでも彼女に伝わってしまったのだろう。

「あ……えっと……」

　彼女も少し口ごもってしまう。

「……雪野さんは一人じゃないから、だから、その……学校で待ってる」

「……うん、ありがとう」

恥ずかしくなって、少し早口で「じゃあね」と言って電話を切った。少しでも、ほんの少しだけでも彼女を励ますことができただろうか。また学校で彼女の笑顔を見られたら、そんなことを考えながら、その日僕は眠りについた。

*

「黒田くん、おはよう」

「――雪野さん！」

校門の手前で呼ばれて振り向くと、声の主は雪野さんだった。昨日まではうっすら残っていた雪はもう溶けていて、今朝は久しぶりに暖かい。

「……久しぶりだね」

最後に彼女と会ってから一か月半くらい、電話をかけた日からはちょうど一週間がたっていた。いつものように優しい笑顔を見せてくれているが、もともと細かったのに以前よりも痩せていて、それが痛々しい。

「もう学校に来られるの？」

「うん、やっと引っ越しが終わって」

「そっか。その……大丈夫、ではないよね」

「……四十九日が終わったばっかりで、まだちょっと落ち着かないかな」

「そう、だよね」

「電話、本当にありがとう」

「え？」

「本当はね、このまますっと休んでいようかなとも思ったんだけど、黒田くんから電話をもらって、やっぱりみんなと一緒に卒業したいなって」

くしゃっと満面の笑みでそう話してくれた。あの日勇気を出して電話をしてよかったと心から思えた。

「みんなも雪野さんが戻ってきてくれて喜ぶよ」

「うん、そうだと嬉しいな」

二人で並んで教室に向かっていると、廊下の突き当たりに隼人が見えた。

「おーい、隼人！」

きょろきょろと左右を見渡したあと、振り向いて僕たちに気づいた隼人は手に持っていたカバンを落として目を丸く見開いていた。隼人もずっと雪野さんを心配していたから、朝のうちに会えてよかった。

「――雫ちゃん！　え？　大丈夫なの？」

「おはよう、佐竹くん。黒田くんから、佐竹くんも心配してくれていたって聞いたの」

「そんなの当たり前だよ」

「ありがとう」

「もうこのまま雫ちゃんに会えないまま中学卒業しちゃうんじゃないかって思っていたから、俺……」

隼人は嬉しさで涙ぐんでいた。おろおろとどうしたらいいかわからない様子の雪野さんを見て、なんだか以前のような日常が戻ってきたようで、心が温かくなる。

三人で少し話したあと、教室に入ると雪野さんの周りにクラスのみんなが集まってきた。注目が集まったことに最初は戸惑っていたけど、みんなが待ってくれていたことを嬉しそうにしていた。もう卒業も間近ではあるけど、その日を境に彼女とクラスメイトの距離はより近づいたようで、以前よりも友人たちに囲まれて笑顔を見せてくれる回数が増えたと思う。

彼女が感じた恐怖や悲しさが完全に消えてしまうことはないと思うけど、少しずつでも彼女が元気になって、このまま笑顔でい続けてくれるといいなと、そう願っていた。

第五章「居場所」

慌ただしい高校受験が終わって、僕たちは高校生になった。僕と隼人は第一志望の同じ高校に合格して、雪野さんも一緒だ。受験直前に一か月以上もまともに勉強できていなかったのに、さすがというべきだろう。最後の模擬試験ではB判定に下がってすごく焦っていたけど、それでも一か月足らずで巻き返せたのはそれまでずっと真面目に勉強を続けてきたからだろう。彼女の努力にはいつも尊敬ばかりだ。そんな姿を近くで見ていたから、僕も受験勉強を一生懸命に頑張れたと思う。

初日から一人で行くのは心細いという隼人を、校門手前の交差点の電信柱に寄りかかって待っている。澄み渡った空に宙をひらひらと舞う桜。もう春だな、なんてしみじみ感じていると、遠くからこちらに向かって走ってくる人影が見える。

「おーい、透ー」

「……隼人？」

確かにあれはよく知る幼馴染だが、つい二度見をしてしまう。

「どう？　かっこいい？」

「………………」

ずっと坊主頭だった隼人は、野球部を引退してから髪を伸ばすのが憧れだったとかで、卒業式のころには襟足が肩にかかりそうなくらいになっていた。その伸びた髪を今日はワックスでがっちりと固めて、刺さりそうなくらいにつんつんしている。

「おい、なんか言えよ」

「あー、ごめん。んー……っと、ウニみたいだな」

「どういうことだよ！」

ちょっとからかうように言ってみると、予想通り隼人はご立腹のようだ。我ながらぴったりの例えを思いついたと、つい吹き出してしまう。

「え？　変なの？」

「いや、いいんじゃない。なんか隼人っぽくて」

「なんか……褒めてないだろ」

校門をくぐり、玄関の前まで行くと人だかりができている。すぐ横の掲示板にクラス名簿が貼り出されているといっていたから、みんなそれで集まっているのだろう。僕たちも見に行こうと言おうとしたところで、後ろの方で頑張って背伸びをしている小柄な子が目についた。近くまで行ってみると、それは見慣れていたはずなのにいつもとは違う雰囲気の雪野さんだった。

「雪野さん？」

「あ！　黒田くん。それに……佐竹くん、だね」

彼女もまた、隼人の頭を見て驚いた表情を見せた。

「えー！　雫ちゃん、髪下ろしてる！」

「あ……やっぱり変だよね、似合わないよね」

中学のときはきっちりと後ろに結っていた髪を、今日は下ろしている。彼女はとっさに頭を押さえて隠そうとしているが、さらさらと風になびく黒い髪がとても似合っていて、ほんの一瞬だけ見惚れてしまっていた。

「絶対そっちの方がいいよ！　な、透もそう思うだろ」

「うん、すごくいいと思う」

「おい、さっき俺にいいんじゃないって言ったときとは明らかに違う言い方だな」

「そんなことないって」

頬を膨らませて、まだ納得していない隼人をなだめるように言う。

「佐竹くん、すっごく変わってたから一瞬気づかなかったよ」

「高校生になったしイメチェン。雫ちゃんも？」

「……うん、下ろした方が大人っぽく見えるかなって」

「見える見える。すっごく可愛い」

彼女は顔を真っ赤にしてうつむいてしまった。僕はこういうとき恥ずかしくて素直な言葉をかけるのが苦手だけど、ストレートに可愛いと言える隼人はすごいと思う。周囲を巻き込んでは振り回して困らせてしまうこともあるけど、こうやって自分の気持ちをまっすぐ伝えられる正直な隼人のことを嫌いな人はいないと思う。僕自身もなんだかんだ隼人のペースに巻き込まれることに居心地のよさを感じている。

「雫ちゃん何組だった？」

「それが、人がたくさんいてまだ見てないの」

「じゃあ一緒に見にいこうよ」

人混みをかき分けて掲示板の正面に行くと、七組まで、二百人以上の名前がずらりと貼り出されていた。

「……ここから探すのは大変だな」

「……そうだな」

「………あ！」

彼女の指さす方に目をやると、三人の名前が近くにあった。僕と雪野さんが二組、隼人は隣の三組だ。

「えー、また透と雫ちゃんと別のクラスかー……」

「まあでも隣のクラスだし」

「そうだよ、クラスが違っても今までみたいにお話しよう」

隼人は雪野さんのことが好きだから落ち込むのも無理はないだろう。中学三年生のときのクラス替えでも雪野さんと別のクラスだったたし、あからさまにがっかりしている隼人を慰めながら、それぞれの教室へと向かっていった。

*

数日もすると、すぐに新しい友達がたくさんできた。中学校時代にサッカーの試合で戦ったことのある他校の見覚えのある人がいたり、今は別の高校に行ってしまった悠人や拓也の小学校の同級生がいたり、世間は結構狭いようだ。隼人もさっそく隣のクラスで人気者のようで、「透の幼馴染、面白いよな」なんて話もよく話題に上がる。

それでも隼人は毎日お昼になると僕のクラスを訪ねてきて、一緒に昼ご飯を食べるのが日課になっていた。新しい友達より幼馴染といる方が気を遣わないなんて言っているけど、きっと雪野さんと話したいんだろうというのには鈍い僕でも気づいている。

そんな隼人が半年が過ぎたころからぱたりと僕たちのクラスに来なくなった。とはいっても、テスト期間に入ると一緒に図書室に行ったり、お互いの家を行き来したりしているから、隼人と僕が疎遠になったということは全くない。つい一週間前には文化祭もあったし、そこで仲よくなった友達と盛り上がっているんだろう。高校の文化祭は中学とは規模がまるで違って、クラスごとに模擬店を出したり、お化け屋敷をやったりと、夜遅くまで準備をしていたから、僕もクラスの友達と一気に距離が縮まった。だから隼人が来なくなったことを、そんなに気には留めていなかった。

文化祭の浮足立っていた雰囲気から一転、すぐにテスト期間に入った。土曜日の今日は早起きをして自宅で勉強をしていた。国語が現代文と古典になったり、理科が生物、化学、地学になったりと、とにかく中学のときと比べて科目が多い。テストも四日間と長丁場だ。二年生からは文系と理系にクラスが分かれるから、今のうちから大学とか将来のことを考えておかないといけないし手は抜けない。

（……そろそろ休憩にするか）

時計に目をやると、もうお昼を回っていた。結構長い時間集中していたようだ。背伸びをしていると、携帯から着信音が鳴る。

〰〰〰♪

表示を見ると『佐竹隼人』。すぐに受話ボタンを押す。

「もしもし、隼人どうしたの？」

「……急に悪いな。透、勉強中？」

「ちょうど休憩しようと思ったところだよ」

いつもは僕の用事なんてお構いなしの隼人だが、なんだかいつもと様子が違って声も暗い。何か嫌なことでもあったんだろうか。

「今から透の家に行ってもいい？　そんなに長居はしないから」

「大丈夫だよ。何かあった？」

「……いや、そっちに行ったら話すから」

わかった、と言って電話を切ったが、終始落ち込んだような口調だった。長い付き合いだったから、隼人が落ち込んだりするのは何度も見てきたが、いつにもまして深刻な雰囲気だった。

二十分ほどすると、隼人が家にやってきた。玄関を開けてすぐに驚いたのは、つんつんにしていた髪をそり落として、坊主頭に戻っていたことだ。

「え？　髪どうしたの？」

「……もういいんだよ」

「とりあえず僕の部屋に入って待っていて」

「……うん」

食器棚にあった頂きもののお菓子と冷蔵庫のジュースをいくつか見繕って部屋に行くと、神妙な面持ちで隼人が正座をして待っていた。こんな隼人はこれまで見たことがない。

「……で？　どうしたの？」

「……透、俺……取り返しのつかないこと言っちゃった」

「え？」

「雫ちゃんにフラれた。それで……嫌われた」

と、隼人は言う。フラれたって、そもそも告白したなんて初めて聞いたし、嫌われたって何があったのか全く見当もつかない。

「ちょっと待って、いろいろ事情がわからないんだけど」

「俺……本当に無神経だったんだよ」

「隼人？」

膝の上にぎゅっと握り締めたこぶしを置いて、目に涙をためて肩を震わせながらいう隼人をまずは落ち着かせないことには話が進まない。

「もうどうしたらいいか……。全部わかってたはずなのに……」

「待って、ちゃんと聞くから。最初から話して」

なんでも隼人が言うには、文化祭の最終日に雪野さんを屋上に呼び出して、告白をしたという。文化祭でみんな浮かれて多くのカップルができていたから、自分もその勢いに乗って好きだと伝えたらしい。

「でもフラれたからって、嫌いにはならないんじゃない？」

「違うんだよ。雫ちゃん断ったあとすっごく申し訳なさそうで、今まで通り仲よくしたいって言ってくれたんだよ」

「じゃあなんで？」

「ショックだったけど、そう言ってくれて安心したんだよ。それでそのあとも少し二人で雑談してて……」

「……うん」

「久しぶりに二人っきりで話せるのが嬉しくて……。俺、浮かれて……」

続きを言おうとしたところで、隼人は目を押さえて泣き崩れた。ゆっくりでいいから、と声をかけて隼人が自分から話してくれるのを待つが落ち着く様子は全くなくて、それでも声を振り絞るように再び言葉をつないでいく。

「雫ちゃんが……今はもうすっかり元気になって……安心した、って。そしたら……すごく悲しそうな顔して、泣かせちゃって……」

「……………」

「ごめんって言ったけど……ずっと泣いてて……一人にしてって……」

「…………うん」

「俺……全部聞いてたのに……」

雪野さんは最近すごく明るく笑うようになった。でも、彼女の悲しみはきっと、少しも癒えていない。隼人の話を聞いてそれが確信になった。みんなが楽しそうにしていても、時折寂しそうな、悲しそうな顔をしていることがあったけど、彼女の口からは一言もそんな話は出ないし、僕の勘違いかもしれない。それに、つらいことを思い出させてしまうのも嫌だったから、彼女の家のことを聞くのは避けていた。

優しい彼女だからこそ、周りに気を遣っていたのだろう。どんなに悲しくても、寂しくても、そんなそぶりを少しも見せずに、一人で耐えてきたんだろう。

「透……俺、どうしたらいいと思う？」

「もう一度謝ろう。僕も一緒に行くから」

「……本当にごめん」

「それで、雪野さんの話もちゃんと聞こう。話したくないかもしれないけど、僕たちが何か力になれることがあるかもしれないし」

「うん」


ひとしきり泣いて、気持ちが収まったころに隼人は帰っていった。隼人が言ったことは確かに雪野さんの事情を知っている人からしたら無神経だったと思う。でも、誰よりも彼女を心配して、彼女のことを大切に思っていて、ずっと元気になってほしいと願っていたからこそ出た言葉だ。一番近くにいた僕はそれを理解しているし、隼人と同じように雪野さんが笑顔でいられることを願っていた。そんな二人がこのまま疎遠になってしまうことがどうしても耐えられなかった。


翌日の放課後、僕は雪野さんを隼人が待つ屋上に連れていった。

「雫ちゃん……あの……俺の顔なんてもう見たくないかもしれないけど……」

「…………」

沈黙が続く。僕が二人を引き合わせたんだからなんとかしないと、と思って言葉を探すが見つからない。隼人を許してほしいと言うのも彼女を傷つけてしまいそうだし、かといって隼人の気持ちもわかるから責めることもできない。追い詰められたような気持ちでいると、先に口を開いたのは雪野さんだった。

「この前は……ごめんね」

『え?』

二人の驚きの声がそろう。

「あのときはいろんな感情で頭がいっぱいになって……。佐竹くんはずっと私のこと心配してくれていたのに」

「――雫ちゃんは謝らないでよ、俺が本当に無神経だったんだ」

「あの、僕が二人のことに口出すのは違うかもしれないけど、隼人はずっと雪野さんに元気になってもらいたいって思ってたんだ。僕たちじゃ頼りないかもしれないけど、これからはつらいときは無理に隠さないで頼ってほしいんだ」

つーっと彼女の頬を涙が伝った。間違ったことを言ってしまったかも、と一瞬思ったけど、そのあとに向けられた笑顔に緊張の糸がほどけた。

「頼りなくなんかないよ。すっごく心強い」

「雫ちゃん、俺、いつだって雫ちゃんの味方だから」

「ありがとう。その……これからも仲よくしてくれる？」

「当たり前だよ」

くしゃくしゃの笑顔を見せる隼人に僕も自然とつられる。隼人の背中を強めにたたいてよかったなと言うと、子供みたいに喜んでいる。

「雪野さん、隼人のやつ昨日僕の家でずっと泣いててさ」

「――それは言うなよ！」

三人でこんなに笑い合ったのは少し久しぶりだ。屋上から見えるのはいつもと同じ景色のはずなのに、この日三人で並んで見た夕日はしばらく見入ってしまうほどきれいだった。

＊

「俺、雫ちゃんのことは諦めた」

突然隼人がそう言ってきたのは、高校三年生の春がもう終わりに近づき、新緑の季節になろうとしていたときだった。

僕は理系、隼人は文系へと進路を決めて、クラスはずっと別々だったけど、相変わらずの仲だ。今日は外でお昼を食べようと誘われたから、何か教室で話しづらいことでもあるのかなとは思っていたが、突然の話に驚いてベンチから身を乗り出していた。

「――え？　なんで？」

「嫌いになったとかほかに好きな子ができたってわけじゃないけど」

「うん？」

「俺じゃないんだな、って気づいたし……」

いつもは遠慮なく自分の気持ちをはっきり言う隼人にしてはなんだか歯切れが悪い。一年生のときにフラれたとはいえ、その後も変わらず仲よくしていたし、この間は放課後二人で図書室で勉強していたとも言っていた。小学生のときはすぐにコロコロ好きな子が変わっていたのに、雪野さんに出会ってからはあまりにも一途で、自然に応援したい気持ちになっていたのに。

「俺じゃないって？　雪野さんに彼氏ができたとか？」

「いや、それはないよ。前に聞いたことあったし」

「んー、よくわかんないけど、隼人はそれでいいの？」

隼人の言いたいことが全然伝わってこない。簡単に諦めるような性格だとも思えないし、誰よりもずっと雪野さんを大切に思ってきたはずなのに、本当にそれでいいんだろうか。

「俺はさ、友達思いだから」

「ん？」

「本当に透はそういうの疎いよな。とにかく俺が決めたからいいの」

「隼人がいいならいいけど……」

よくわからないままだけど、清々しい表情で話すからこれ以上言っても考えは変わらないんだろう。

「透は？」

「僕が何？」

「だからー……」

頬杖をついてすごく呆れた目を向けられる。

「雫ちゃんのことはどう思ってる？」

「雪野さん？　僕が？」

「そう」

「何で？」

「いいから」

ちょっと不機嫌そうにそう急かすから、少し考えてみる。

「優しくて一生懸命でいい子だと思うよ」

「ほかには？」

「ほか？　なんだか……放っておけないかな」

「…………」

そうだ、彼女のことはなんだか放っておけない。しっかりしていてなんでもできるから、僕なんてほとんど役に立てることはなかったけど、困っているときは助けたくなるし、ときどき寂しげな表情をしているのを見ると気になって仕方がない。そういう姿は見せないようにいつもにこにこしてはいるけど、心からの笑顔を見たときは僕まで嬉しくなってしまう。六年くらい一緒にいて、彼女も僕にとっては大切な存在になっていたんだと思う。

「……おい、聞いておいて無視はないだろ」

「いや、聞いて安心したからもういいなって」

「僕は何にもわからないままだよ」

「……そのうちわかるよ」

意地悪い笑顔を向けて、僕の頭を軽く小突いて隼人は先に教室に戻ってしまった。何が言いたかったのか、教室に戻ってからもずっと考えていたけど結局答えは見つからなかった。

（そのうちわかる、か……）

＊

高校生になったのはついこの間なんて思っていたけど、気がつけばもう大学受験に向けて本腰を入れなければならない時期になっている。授業も空気が少しぴりぴりしていて僕も気が抜けない。そろそろ志望校を決めて、本格的にその学校の受験科目に合わせた勉強をしなければいけないけど、大学選びというのは難しい。学部がきっちり分かれているから、どんな会社に入りたいかを今のうちから考えておかなければいけない。

お母さんが「透が都内の大学を選んでくれれば家から通えるし寂しくないな」と言っていたし、僕も家族と離れてまで住み慣れたこの街から出てやりたいことも見つかっていないから都内に残るのがいいんだろうとは思っている。

放課後の情報室で大学のホームページを調べてみるが、どこも魅力的に見えるしどうやって決めればいいのか基準がわからない。一時間ほど頭を悩ませていたところ、ドアが開く音が後ろの方から聞こえた。

「あ、黒田くん！」

僕の方に雪野さんが駆け寄ってくる。僕を探してここに来た様子だ。

「雪野さん、どうしたの？」

「黒田くん、都内の大学に行くって言っていたよね。もうどこにするか決めちゃった？」

「ううん、全然決まらなくて今ちょうど調べていたところ」

「そっか！　よかった」

そう言って隣の席に座り、僕が見ていたパソコンの画面を覗き込む。

「あ！　ここの大学なんだけど、興味ある？」

期待した瞳で彼女は僕の方を見る。

「うん、なんとなく経済学部がいいかなとは思ってて。ここなら家からもそんなに遠くないし、就職実績でも知っている名前の会社が多いみたいなんだ」

ほら、とさっきまで見ていたページを開いて見せると興味深そうにまじまじと見ている。

そして僕の方を再び見て彼女は言う。

「あのね、今週末にこの大学でオープンキャンパスがあるの。私、ここの文学部が第一志望だから行ってみたいんだけど一人だとちょっと心細くて。もし黒田くんが興味があるようだったら一緒に行かない？」

「大学の見学ができるの？」

「うん、学部紹介と在校生との座談会があって、そのあとは体験授業にも参加できるんだって」

大学生活のイメージが全く持てなかった僕にとって、すごく魅力的なお誘いだ。実際に大学に行って、そこで学ぶ学生と会ったら自分のやりたいことが見つかるかもしれない。

「行く！　行ってみたい」

「やった！　じゃあ待ち合わせの時間と場所は今晩メールするね」

「ありがとう。どうしたらいいか悩んでいたからすごく助かったよ」

じゃあまたね、と手を振る彼女を見送って、僕も荷物をまとめて帰路につく。オープンキャンパスというものがあるのか。僕は情報収集が足りていなかったなとちょっとだけ反省しつつも、気持ちがだいぶ軽くなった。

その夜、風呂上がりに部屋に戻ると携帯電話にメールの通知があった。ベッドに横になってメールを開くと雪野さんからだった。

送信者：雪野雫
件　名：こんばんは

本　文：黒田くん、こんばんは。
　今日話したオープンキャンパスの待ち合わせなんだけど、
　土曜日の十時半に高校の校門前でもいいかな？
　帰りは電車になるけど、朝はおじいちゃんが車で送ってくれるって！
　持ちものは筆記用具だけでいいみたい。
　返信待ってます。

　メールの丁寧さからも雪野さんの性格が伝わる。なんて悠長に思ったけどそうじゃない。読み終わってから気づいたが、休日に女の子と出かけるなんて初めてだ。オープンキャンパスだとはいってもこれは人生初のデートなんじゃないか？　しかもご家族の方に送ってもらうなんて、どう思われるだろう。大事な孫娘が会ったこともない男と二人で出かけるなんて心配をかけてしまうに違いない。二つ返事で行くと言ってしまったが、本当によかったのか突然不安が押し寄せてくる。かといって、雪野さんも一人で行くのは不安だと言っていたから、今更断るのも申し訳ない。ここはとりあえず雪野さん本人に聞いてみるしかない……よな。

送信者：黒田透
件　名：Re;こんばんは
本　文：連絡ありがとう。
　待ち合わせはメールの通りで大丈夫です。
　でも、送ってもらうのはご迷惑じゃないかな？
　雪野さんのご家族は僕と二人で行くこと心配じゃないかな？

送信して一分もしないうちに通知音が鳴って驚く。メールを開くと先ほどよりもシンプルな文章が書かれている。

送信者：雪野雫
件　名：Re;こんばんは
本　文：大丈夫だよ！
　おじいちゃんもぜひ黒田くんに会ってみたいって。

楽しみにされると余計に緊張してしまう。でも文面から迷惑ではないことだけは伝わった。雪野さんは家でおじいちゃんやおばあちゃんに僕の話をしたりするんだろうか。僕のことを知っているのなら安心だけど、どんなことを話しているんだろう。気になってこの日はなかなか寝つけなかった。

＊

約束の日、待たせてはいけないと思い、少し早めに家を出て、十五分前には約束した校門前に着いた。失礼がないよう普段は着ないかっちりしたジャケットに身を包み、お母さんから持たされた焼き菓子の入った紙袋を左手に下げて彼女の到着を待つ。もう夏も終わったというのに、緊張で手のひらが少し汗ばんでいる。

五分ほどたって、僕の前に白い軽自動車が停まり、助手席のフロントガラスが開く。

「おはよう、黒田くん。ごめんね、待った？」

「おはよう。いや、今来たところ」

つい漫画のセリフみたいな返事をする。車を降りた彼女は後部座席のドアを開けて、奥の方に座り直す。

「黒田くんも乗って」

「あ、初めまして。黒田透です。今日はありがとうございます」

「いやいや、いいんだよ。雫が心配だったし、ちょうど出かけようと思ってたからね」

運転席にいる雪野さんのおじいちゃんに簡単に挨拶をする。七十歳くらいだろうか、白髪交じりだがカラフルなチェックのシャツに黒いダウンをおしゃれに着こなした、とても人のよさそうなおじいちゃんだ。クシャっとしわを寄せて笑顔で手招きされ、僕も雪野さんの隣の後部座席に座る。怖そうな人だったらどうしようと思っていたが、考えすぎだったようだ。

「雫から黒田くんのことはよく聞いているよ」

「え？ なんて聞いたんですか？」

「ちょっと、おじいちゃん。恥ずかしいからあんまり言わないで」

ほんのりと頬を赤らめてそう言う彼女は、学校にいるときよりも気が緩んだ口調でちょっと新鮮だ。それに私服姿を見るのも初めてかもしれない。足首近くまである白いレースのワンピースが彼女の長い黒髪とすごく似合っている。隼人がいつも騒いでいたから僕が言う機会はなかったけど、改めて可愛いなと実感する。

「黒田くん、いつも雫と仲よくしてくれてありがとうね。中学校の卒業前、雫はもう学校には行かないって言っていたんだけどね、黒田くんのおかげで卒業式に出られたんだよ。

それに高校生になってからもよく一緒にいてくれているんだってね。いやー、想像していた通りの好青年だよ」

「いえ……そんな」

「いつも雫に勉強を教えてくれたり、クラスの仕事も手伝ってくれたりしているんだって？」

「いや、それは雪野さんの方ですよ」

「雫は優しすぎるからちょっと心配でね、黒田くんみたいなしっかりした子がそばにいてくれて安心しているよ」

雪野さんが家で僕のことを話してくれているという事実と、まっすぐな言葉で褒められたことにすごく照れてしまう。でも、ちらっと隣に目をやると、僕よりも雪野さんの方が照れて先ほどよりも顔を真っ赤にしていて、なんだかその様子がおかしくて笑ってしまう。

「もう！　黒田くん、どうして笑うの」

「いや、なんか嬉しくて」

「嬉しい？」

「雪野さんの家での様子とか全然知らなかったからさ、僕のことも話してくれるんだなーって思って。僕だけ仲がいいと思っていたらちょっと寂しいでしょ」

「そんなわけないでしょ、黒田くんは大事なお友達だよ」

「……ありがとう」

大事な、という言葉に心が喜びで波打つ。長い間一緒に過ごす中で好意的に思ってくれていたのは感じていたけど、言葉にされたのは初めてかもしれない。照れ臭くなって雪野さんと目が合わせられず、前を向くと微笑んでいる雪野さんのおじいちゃんとミラー越しに目が合って、顔から火が出るんじゃないかと思うくらい余計に恥ずかしくなった。

「黒田くん、これからも雫と仲よくしてやってくれると嬉しいな」

「――はい、それはもちろんです」

大学までは車で三十分くらい。その後の道中は、雪野さんの小さいころの話とか、おばあちゃんがどんな人かとか、そんな他愛のない話を楽しんだ。おじいちゃんとおばあちゃんに彼女はとても愛されていて、今はすごく幸せに暮らしているということがひしひしと伝わってきて、僕の心まで温かくなった。

「ここだね、着いたよ。大きくてきれいな学校でいいじゃないか」

駐車場に停めた車から雪野さんのおじいちゃんは降りて、校舎を見上げている。

「わー！　広いね、すごいね大学って」

雪野さんも車から降りて、目の前に広がる風景に目をキラキラと輝かせている。

「……あの、今日は本当に送っていただいてありがとうございました。もしよければこれ、みなさんで食べてください」

「そんなそんな、逆に気を遣わせてしまったかな……。本当に君はよく気が利く子だね。ありがとう」

少し驚いた様子で僕の手元の紙袋を見ると、遠慮がちな笑顔で言う。そして僕にだけ聞こえるような小さな声で耳打ちをする。

「元気そうに見えて、ときどき寂しそうな顔をしているんだよ。黒田くんの負担にならなければ、これからも気にして一緒にいてあげてくれないかな」

「負担なんて思いません。僕だと力不足だと思いますけど、そのつもりです」

「……二人とも何話してるの？」

「いや、なんでもないよ。そろそろ行こうか」

「うん？」

大きく手を振って僕たちを見送ってくれた雪野さんのおじいちゃんは、僕の言葉に安心してくれたのか、車内にいたときよりも明るい笑顔だった。彼女のことを負担だなんて思ったことはないし、きっとこれからもそれは変わらない。むしろいつだって優しい笑顔を向けて、僕のことを気遣ってくれるのは彼女の方だ。このオープンキャンパスに誘ってくれたのだって、僕が進路をなかなか決めらず悩んでいたからだということも気づいている。隼人には鈍いと言われるが、そのくらいのことは気づけるくらいには大人になった。

二人で学部説明を一通り聞いて、在校生たちとの座談会と体験授業に参加して、とても刺激を受けた一日だったけど、穏やかな時間が流れていた。


「黒田くん、今日は無理言って付き合わせちゃってごめんね」

帰りの電車で隣に座っている雪野さんは少し不安そうな声で言った。

「無理にだなんて、全然そんなことないよ」

「本当？」

「本当に本当。大学の授業にすごく興味を持ったし、在校生たちもみんな大学生活が楽しそうだったし、僕もこの大学を受けることにしたよ」

「――本当に？」

先ほどとは違う明るいトーンで聞き返す。

「この半年くらい何を目的に勉強をしているんだろうって思うことが多かったんだ。でも今日参加して、ここでならやりたいことが見つかりそうな気がしたんだ。だから誘ってくれて本当にありがとう」

「それならよかった」

「雪野さんは？　第一志望って言っていたけど、実際に来てみてどうだった？」

「うん、私もここがいいなって思った」

先ほどもらった学校紹介のパンフレットを胸にぎゅっと抱き寄せながら彼女は微笑む。

「そっか。雪野さんと一緒に通えたら楽しいだろうな」

それは僕の心からの言葉だった。雪野さんのおじいちゃんから、一緒にいてあげてほしいと言われたのは関係ない。彼女との穏やかな時間を過ごすのはとても心地よかった。

今日だけではなく、中学生のころから少しずつだけど、そう感じるようになっていったんだろう。みんなの輪の中に入ってどちらかといえば騒がしい僕と、物静かで凛とした雰囲気の雪野さん。不釣り合いに見えるかもしれないけど、彼女の穏やかで温かい雰囲気に僕は安心するし、きっと彼女も僕に対して何かしらそういう空気を感じているから一緒にいてくれるんだと思う。

「私もそう思う。受験勉強、一緒に頑張ろうね」

「うん、これからが大変だね」

ここで大丈夫という雪野さんの申し出を断って、最寄り駅まで送ってその日は別れた。

緊張もあって家に着いたころにはくたくただったけど、自然とやる気が湧いてくる。雪野さんにお礼のメールを送ったあと、さっそく机に向かってテキストに目を通す。目的ができると人はこうもモチベーションが上がるのかと、自分の気持ちの変化に驚いた。受験まではあと四か月。

＊

心地よい春の風を感じながら、少しひんやりとしたコンクリートに寝そべる。経済学部と文学部、教育学部が入るB棟をひたすら奥に進み、突き当たりの角を曲がると、屋上へ続く階段がある。購買でコーヒーとサンドイッチを買って、この屋上でお昼を過ごすのが僕の日課になっている。かなり奥まった階段からしか来られないから、知る人ぞ知る穴場といったところだ。僕も去年の秋に先輩から教えてもらうまで、この場所の存在を知らなかったくらいだ。みんなと一緒にいる時間も楽しいけど、こうして人がいない場所で静かに過ごすのはまた違った安らぎのひとときだ。

大学三年生になった僕は、ビジネスを専門としたゼミを選択して、消費者の動向だとか、広告コミュニケーションを学んでいる。去年の授業で、企業のブランディングに成功した手法や事例を聞いて、自分の企画で多くの人の心をつかめることができるという仕事に強く心を惹かれたのがきっかけだ。僕は昔から人に喜んでもらったり、楽しんでもらったりするとすごく嬉しい気持ちになるから、そんな性格に合っているような気がした。

授業はどれも新しい学びがあるし、とても充実している。ただ、一コマ九十分の長い授業の連続に、友達に誘われて始めた居酒屋のアルバイト、サッカーサークルの練習に飲み会と、とにかくせわしない毎日だ。だからこそ、こういう安らぎを求めていたんだろう。

(今日もいい天気だな)

ぼーっと空を眺めているうちに、少しうとうとしてしまう。

(次の授業まであと二十分あるし、ちょっとだけ……)


「……くん」

かすかに声が聞こえる。

「──黒田くん!」

聞き慣れたその声にはっと目を覚ます。

「もう、またここにいた」

「雪野さん、あれ? 今何時?」

まだ明るいけれど、ずいぶん長いこと眠ってしまったような気がする。

「もう午後の授業一つ終わっちゃったよ。お昼からここにいたでしょ」

「——え？」

僕は二時間近くここで居眠りしていたらしい。雪野さんは少し呆れた様子だが、僕の隣に並んで座る。

「だいぶ暖かくなったもんね」

「雪野さん、サボりに来たの？」

「黒田くんと一緒にしないでよ、次は空きコマなの」

からかうような口調で笑われる。

「僕だって授業には出ようと思っていたんだよ、でも気づいたら……」

「ぐっすりだったもんね。まあ、今日くらいいいんじゃない？　いつも忙しいのに無遅刻無欠席だったんでしょ」

「その記録も今日で終わっちゃったなー……」

雪野さんのいる文学部も同じ棟に入っていて、学部が違っても同じ授業を受けることもあったから、僕たちはなんだかんだ毎日一緒にいる。屋上に入れることも僕が雪野さんに教えてお昼や空き時間になるとここに来ては、たわいのない会話をする。

――そうだ。

雪野さんの姿を見て、朝の授業のときに同級生たちが話していたことを思い出す。

「あのさ……」

「うん？」

「昨日、雪野さんのゼミで飲み会があったんだよね？」

「うん、教授と先輩たちも一緒に」

「それで……」

少し僕はためらってしまう。僕たちは毎日一緒にいて、周りからは『付き合っている』なんて噂されているが、実際はそうじゃない。だから雪野さんに好きな人ができたとか、彼氏ができたとか、そういうことがあっても何かを言える立場じゃない。でも、昨日の飲み会で文学部の先輩が一次会のあとに雪野さんを誘って、二人とも二次会には来なかったらしい。二次会のお店で僕と仲がいい友達がアルバイトをしていて、そのことを知ったというのだ。みんな僕に気を遣って直接は言ってこないが、正直丸聞こえだった。

「飲み会がどうしたの？」

「……いや、雪野さんお酒弱いからさ、大丈夫だったかなと思って」

やっぱり言えない。とっさに適当な話を続ける。

「大丈夫だよ。教授もいたから無理に飲まされることもなかったし」

「……そっか、そうだよね」

必死で笑顔を作るが、雪野さんには僕が本心で話していないことがばれているのか、納得がいかないという顔をしている。

「なんか隠してる」

「か、隠してない。心配だったけど、大丈夫ならよかったなって」

鋭い口調と疑う視線におどけてしまう。

「…………」

「いや、その……」

はあ、と大きくため息をついた彼女は、フェンスに寄りかかって再び僕の方に向き直る。

「誰かから昨日のこと、聞いたんでしょ」

「——なんでそれを」

「もう九年も一緒にいるんだもん、黒田くんの様子を見れば考えていることなんかすぐにわかるよ」

「……そう、だよね。うん、実は聞いちゃって」

やっぱりね、と言った彼女は少し悩んでいたが、小さく頷いたあと僕から目をそらし、少し遠くに視線を送る。

「……先輩にね、このあと二人で抜け出して一緒に家で飲まないかって誘われたの」

「…………うん」

「結構強引に誘われて、私、断れなくて……」

その言葉を聞いて、こらえられない怒りの気持ちが込み上げてくる。雪野さんの言い方ではきっと乗り気じゃなかった。優しさに付け込んで、断れないことをいいことに無理やり自宅に連れていったのか？

「──そんなの絶対に許せない！」

激しい苛立ちの感情に任せて、彼女の肩を強くつかんだ。しかし、当の本人はなぜかきょとんとした表情で僕の目を見つめている。

『……え？』

二人の温度差に、思わずお互い首をかしげた。

「無理やり連れていかれたんでしょ？　その先輩に」

「ち、違うよ！」

彼女は焦った様子で僕の両腕をつかみ、必死に否定する。違うって何が？　じゃあ雪野さんもその先輩に気があって、自分からついて行ったというのか？　もしそうなら、今僕がその先輩を責めるのはお門違いだ。もう自分が怒っているのか、ショックを受けているのか、わけがわからない。

「そうじゃなくて……」

「うん」

「断れなくて、私先輩を振り切って逃げちゃったの」

「……へ？」

気が抜けて情けない声が出てしまった。

「だから先輩に合わせる顔がなくて……。朝すれ違ったとき、先輩はいつものように挨拶してくれたんだけど、私、それも無視しちゃって……」

「…………」

二人の間にしばらく沈黙が流れる。僕は混乱していた頭を整理して、彼女の話をもう一度思い返す。

「え、じゃあ何もなかったってこと？」

「何もなくないよ、黒田くんはその話を聞いたんじゃないの？　先輩を無視する失礼な後輩だって」

その言葉を聞いて、僕は緊張の糸が切れたのか、どっとおかしさが込み上げてきて、涙が出るくらいおなかを抱えて笑った。何を早とちりしていたんだろう。自分の勘違いが恥ずかしすぎるし、雪野さんも雪野さんだ。あんな言い方をしたら誰だって僕のように考えるのに、本人は誰も気にしていないことで本当に悩んでいるみたいだから、それがおかしくてたまらない。

「ねえ、なんで笑うの？」

「ご、ごめ……っ」

彼女に失礼だと思って、なんとかこらえようとしたけど吹き出してしまう。

「もう、私は真剣に悩んでいるのに」

「雪野さんは悪くないから、気にしなくていいよ」

息を整え、心を落ちつけてから言葉をつなげる。

「ていうか、その先輩とはもう親しくしたらだめだから」

「え、なんで」

「なんでも」

「……でも失礼じゃ」

「雪野さんは女の子なんだから、もっと危機感を持ってよ」

「……？」

「とにかく……僕が嫌なんだ」

彼女は全く理解していないようだけど、有無を言わせないよう彼女の言葉にかぶせるようにして答えた。

これだから彼女のことは放っておけない。もう何年も前からそれは変わらない。なんだか気になって、目が離せなくて、僕が彼女の支えになりたい。

「やっぱり雪野さんは雪野さんだ」

「え？」

「雪野さんはずっとそのままでいてよ」

向かい合う彼女の手をそっと優しく握り、まっすぐに目を合わせる。

「僕はそのままの雪野さんが好きだよ」

＊

夏休みに入ってもう二週間。空気が肌にまとわりつくような蒸し暑い日が続いている。

早起きしてサッカーサークルに参加して走り回り、午後はゼミ室で夕方まで課題、夜は居酒屋のアルバイト。ここまでは去年と同じ夏休みの過ごし方だが、今年はちょっと違う。僕のルーティンが一つ増えた。

トントンとドアをノックする音で、レポートを書く手を止めて振り返ると、いつものように迎えに来てくれた僕の彼女が小さく手を振ってくれる。屋上で雪野さんに告白した日、彼女も僕と同じ気持ちでいてくれたことを伝えてくれて、『親しい友達』から『恋人』になった。もうすぐ付き合ってから四か月になる。彼女との毎日はとても穏やかで、居心地がよくて、毎日がとても満たされている。

「黒田くん、お疲れ様」

「お疲れ様。雪野さんはもういいの？」

「うん、ちょうどレポートが一つ終わったところ」

こうして彼女がお昼どきに迎えに来ては一緒に食堂に行くのが僕の日課に加わった。

「ごめん、ちょっとだけ待ってもらってもいい？　あと十分くらいでこのレポートが終わりそうなんだ」

「じゃあ借りてた本、図書室に返して食堂で待っているよ」

「わかった。すぐに行くから」

パタパタと走り出す彼女を見送っていた僕は、周りから見てもわかるくらい幸せそうな顔をしていたのだろうか。正面に座っている坂口が何か言いたげな表情でこちらを見ている。

「……何だよ」

「いや、微笑ましいなって」

坂口はサークルの一つ後輩で、僕のことをすごく慕ってくれている。学部が違うにもかかわらず、サークルでの練習が終わると僕と一緒にこのゼミ室に毎日通っている。文学部だから雪野さんの後輩でもあるわけで、僕たちが付き合っていることも当然知っている。

「それ何回目だよ」

「何回でも言いますよ。透さん、幸せオーラ出しすぎだし」

「いつも通りだよ、先輩をからかうなよ」

雪野さんがこの教室に来るたびにからかわれては赤面してしまう。先輩らしく堂々としていたいとは思っているものの、人生で初めて彼女ができたんだから浮かれないはずがない。自分でも自覚するくらい、付き合っているという事実に浮き足立ってしまう。

「いいなー、俺も彼女ほしいです」

「あれ、マネージャーと付き合ってたんじゃないっけ？」

「フラれちゃいましたよ、夏休み直前に」

「え、そうなの？」

「ほかの女の子と二人でデートしたのがバレちゃって」

「それは坂口が悪い」

「わかってますよ。だから今度雪野さんの友達紹介してくださいよ、年上の彼女とか憧れるし」

「浮気するような人に彼女の大切な友達は紹介しないよ」

悪びれる様子がない坂口にちょっと呆れてしまうが、僕とは正反対のタイプなのだろう。いいなと思う子には積極的にアプローチするし、これまで付き合った子は両手で数えきれないと言っていた。こと恋愛においては僕よりもはるかに先輩だ。

「それよりいいんですか？　雪野先輩、待っているんじゃないですか」

「そうだ！　もう続きは家でやるか」

慌てて荷物をまとめて雪野さんの待つ食堂へ走った。


「——ごめん、お待たせ」

「ううん、私も図書室で新しい本を選んでいたから今来たところ」

注文した料理を持って、窓際の定位置に並んで座る。

「黒田くんは毎日学校に来ているけど、ご家族で出かけたりしないの？」

「もう大学生だし、そういうのはないかな。アルバイトもなかなか休めなくて」

大学生になるまでは毎年家族で両親の実家に泊まりに行っていたけど、サークルに課題にアルバイトとやることが盛りだくさんだから、去年から家族で泊まりで出かけるのはお正月くらいだ。それに、今年は雪野さんと少しでも一緒にいたい。

「雪野さんは？　おじいちゃんとおばあちゃんと出かけたりしないの？」

「私はサークルもアルバイトもしていないから、午後に学校に来る以外は一緒に過ごしているし、この暑さだとおじいちゃんもおばあちゃんも出かけたがらないから」

ちょっとだけ残念そうな彼女を見て申し訳なくなる。世の中のカップルはきっとこういう長期休暇で旅行したりするのだろう。アルバイトの予定を入れてからそのことに気づいて、雪野さんとデートらしいデートはしたことがない。

「……ごめん、本当ならどこかに一緒に出かけたかったんだけど」

「そんなこと気にしてるの？」

「でもせっかく、その……彼氏と彼女になったんだし」

うつむいてしまった僕を見て、彼女は少しおかしそうに笑っている。

「私にそのままでいて、って言ったのは黒田くんでしょ」

「え？」

彼女を見ると、優しい笑顔を向けてくれている。

「私だってそのままの黒田くんを好きになったんだもん。なんでも一生懸命に頑張る黒田くんは素敵だと思うな」

「…………」

まっすぐに向けられた視線と言葉に顔から火が出そうになる。彼氏らしいことなんて何一つしていない、そんな僕を好きだと言ってくれる彼女が愛おしくてたまらない。

「黒田くんが隣にいてくれるのが嬉しいの」

「……ありがとう。僕もおんなじだ」

ふふっと笑みがこぼれた彼女は僕の手のひらに自分の手のひらを重ねて言う。

「黒田くんの隣が私の居場所なの」


この何気ない日常が、僕たちにとってとても幸せで温かい。

第六章「いつもと違う朝」

お昼どきになっても、はーっと息を吐くと白くなるくらい寒い。それでも大晦日の街は人通りが多く賑わっている。いよいよ就職活動を始める時期になり、サークルを引退し、アルバイトもこの冬休みに入る前に辞めたから、久しぶりにゆっくりとした時間を過ごしていた。

繁華街を通り過ぎて最寄り駅から電車に乗ったところでメールの着信に気づいた。

送信者：雪野雫
件　名：こんにちは
本　文：今日の朝も冷えるね。
　　透くんはもう電車に乗った？
　　買いものもあるから駅まで迎えに行くね。着いたら連絡ください。

相変わらずかしこまった文面だけど、「透くん」という文字を見て頬が緩む。夏休みの終わりに県外の大学に進学した隼人と久しぶりに会って、僕たちが付き合ったことを報告したらすごく祝福してくれたけど、「恋人同士になったのに苗字で呼び合っているの？」と驚かれたので、名前で呼ぼうと提案をしてみた。
はじめは僕も照れ臭かったけど、比較的早い段階で「雫」と呼ぶのには慣れた。でも彼女は恥ずかしがってなかなか下の名前で呼んでくれなくて、それでもお願いし続けて最近やっと「透くん」と呼んでくれるようになったのだ。
そんなことを思い出しながら、返信のメールを送る。

送信者：黒田透
件　名：Re: こんにちは
本　文：今ちょうど電車に乗ったから、あと三十分くらい。
　　　寒いからあったかくしてきてね。

暖房の効いた車内で少しうとうとしながら、外の景色を眺める。雫の家に行くのはこれで三回目だ。両親を早くに亡くしてしまった雫に寂しい思いをさせないようにと、おじいちゃんとおばあちゃん主催でイベントごとは毎回盛大に行っているそうで、雫の誕生会、クリスマスは僕のことを招待してくれた。

この間のクリスマスのときなんて、玄関には大きなクリスマスツリーを飾って、フライドチキンやローストビーフ、手作りのホールケーキとすごく豪華な食事を用意して、帰り際には手編みの手袋までプレゼントしてくれた。若い人が着けるのに恥ずかしくないようにと、今どきの雑誌を買って雫にも何度も相談してくれたそうで、その心遣いがとても嬉しかった。


大晦日の今日は、おばあちゃんが僕にも手打ちのそばを振る舞いたいと張り切って準備してくれているそうで、初詣も兼ねて初めてのお泊まりだ。彼女の家にお泊まりなんて、普通は緊張してしまうんだろうけど僕の足取りは軽い。いつも雫が大好きな家族なんだと話してくれるように、僕にとっても大切な存在になった人たちに会えることが嬉しくてたまらない。

電車を降りて改札をくぐると、両手に息を吹きかけて雫が僕を待ってくれている。

「雫、お待たせ。寒かったでしょ」

「透くん、わざわざ来てくれてありがとう。今日は冷えるね」

冷たくなった彼女の手を握り僕の左ポケットに入れる。付き合ったばかりのころはなかなか手をつなぐこともできず、勇気を出して手を伸ばしてもお互い恥ずかしさで無言になってしまっていたけど、最近は自然にそれができる。

「暖かい。あ、それ!」

「うん、雫のおばあちゃんにもらった手袋。さっそく使ってるよ」

ポケットに入れたのとは反対の手をひらひらと彼女に見せると嬉しそうだ。

「そういえば買い物って?」

「先に済ませちゃった。おばあちゃん張り切っていたわりに、おそばに入れるねぎを買い忘れちゃったの」

雫もちょっと抜けているところがあるから、それはおばあちゃん譲りなのかもなんて思うと微笑ましいが、雫に言うときっと怒るんだろうな。


手打ちのそばはどのお店で食べたよりもおいしかった。すりおろしたばかりのわさびと大根おろし、みょうが、梅干し、すだち、ねぎと薬味もたくさん用意してくれていて、ついついお代わりをしていると、雫のおばあちゃんもすごく喜んでくれた。

「洗い物もたくさんあると思いますし、僕手伝います」

何から何まで至れり尽くせりで何かできればと思ったけど、胸の前で小さく手を振って断られてしまう。

「そんなに気を遣わなくていいの。好きでやっていることだから」

「でも……」

どうしようかと悩んでいると、雫のおじいちゃんが僕に白黒で印刷されたチラシを手渡してくれた。

「この近くにある神社がね、就職にもご利益があるんだよ。よかったら一緒に行ってきたらどうだい？」

「え！　おじいちゃん、行ってもいいの？」

きらきらと目を輝かせて雫が飛び上がる。

「透くんが一緒なら安心だろう」

「そうね、でも風邪はひかないように暖かくしてね」

そう言って、二人は僕たちにマフラーやニット帽を用意してくれた。夜は危ないからと毎年一日の朝に初詣に行っていたそうだが、僕がいるからと快く送り出してくれた。こうして信頼してもらえるのはすごく嬉しい。

「私、夜の神社なんて初めて」

雫がこうやって隣で笑ってくれていることが、僕にとっても喜ばしい限りだ。暗い通りを少し歩いて突き当たりの角を曲がると、提灯のぼんやりとした明かりが見えた。

「透くんは地元でよく行ってたの？」

「うん、大晦日の夜は決まって隼人が僕の家まで迎えに来るんだ。でも今年は家族で温泉旅行なんだって」

「そっか、佐竹くん元気かな？」

雫は懐かしむように遠くに視線を送る。僕は隼人が連休でこっちに帰ってくるたびに会っていたけど、雫が最後に会ったのは大学一年生の夏休みに隼人が僕たちの通う大学を見たいと言って遊びに来たときが最後だ。もう二年半になる。

「元気すぎるくらいだよ。夏休みに雫も隼人と会えたらよかったんだけど」

「ちょうどすれ違っちゃったもんね、会いたかったな」

「就職が決まったらみんなで集まってお祝いしようよ」

「うん、そうだね。楽しみ」

そんな話をしているうちに、神社の鳥居の前に着いていた。地元の人しか知らないような小さな神社だと聞いていたけど、甘酒やおでんの屋台が出ていて、四、五十人ほどの参拝客で賑わっていた。

「あ、待って」

「ん？」

「鳥居をくぐるときはまず一礼。それに真ん中は神様が通る道だから端っこに寄って」

僕の腕を引いて、しっかりした口調で教えてくれる。彼女に倣って一礼して、一歩下がってついていく。彼女に合わせるように僕の背筋もピンと伸びる。

「雫ってこういうときすごくしっかりしているよね」

「いつもしっかりしてます」

ちょっとだけ唇を尖らせた彼女を見て、慌てて訂正する。

「違う、違う。僕こういうときの作法ってよくわかってないから、すごいなって思ったの」

「よく来ていたからね」

「神社に？」

おじいちゃんやおばあちゃんと住んでいると、そういうこともあるのかなんて思っていると、彼女は少し寂しげな表情を浮かべていた。

「……お父さんがね、教えてくれたの。神様にお願いすれば、きっとお母さんに私の気持ちは届くからって」

「……そっか」

はっとすると同時に、雫の言葉にせつない気持ちが込み上げてくる。雫は今までずっと、そうやって寂しさに耐えてきたのか。僕はこれまで雫のそばにいて、彼女の心の奥にある気持ちにどれだけ気づいてあげられただろうか。そっと彼女の手を握ることしかできない。

「透くんまでそんな顔しないでよ」

「……うん」

「でもね、お父さんはいつも神社に連れてきてくれたんだけど、お母さんがいるのってお寺なんだよね」

ちょっと眉をひそめて、複雑な顔で彼女は言った。

「え？」

「お父さん、その辺よくわかってなかったみたいだから、私の知っている作法も間違っているのかも」

いたずらっぽく舌を出して笑ってみせた彼女は暗い顔をしている僕に気を遣ってくれたようだ。彼女の優しさの前ではいつも敵わない。僕が頼りないばっかりに、彼女に強がりを言わせるようではだめだ。

お参りの列に並び、僕たちの番になると、彼女は「二礼二拍手一礼だよ」と小さく耳打ちしてくれた。深々と二回お礼をしてパンパンと手を鳴らし、胸元で強く手を合わせてお祈りする。

(彼女が、雫が、ずっと笑顔でいられますように……)

最後にもう一度深々と頭を下げて雫を待つ。

「透くん早かったね。ちゃんとお願いできた?」

「うん、僕のお願いは一つだけだから」

「二人ともすぐに内定もらえるといいね!」

「——あ!」

そうだ、僕たちは就職の祈願でここに来たんだった。そんなことはすっかり忘れてしまっていた。

「お願いしてないの?」

「……いや、それよりも大事なことがあるからいいんだ」

僕のその言葉に嘘はなかった。中学生のときからずっとずっと心の片隅にあった願い。

それをこうしてきちんとお願いできたんだ。

「透くんも内定がもらえますように、って私お願いしておいたよ」

「え！　さすが雫、ありがとう！」

もう、と何度聞いたかわからない彼女の呆れたようなため息だけど、それはいつも優しさが込められている。

「雫はほかに何をお願いしたの？　結構長かったけど」

「……内緒。小さいころからずっとお願いしていること」

「そっか。あ、新年まであと三十分くらいか。冷えるし甘酒でももらってこよう」

それ以上は聞かなかった。聞かない方がいいんだろうなと思った。でも、彼女が願ったことはきっと彼女自身が幸せになるためのものだということは何となくわかったから、その願いが叶いますようにと、もう一度心の中で小さくつぶやいた。

＊

カーテンを開けると寒さで少し身震いする。もう春も近いというのにまだまだ暖かくなる日は先のようだ。眠い目をこすりながら身支度する。今日は第一志望の企業の最終面接。昨日は遅くまで雫が面接の練習に付き合ってくれたからきっと大丈夫と自分に言い聞かせ、着慣れないスーツに袖を通す。お母さんがクリーニングに出してくれたばかりだからしわ一つない。家族も、大学の先生たちも、先輩も後輩も、そして雫も応援してくれている。
緊張する心を落ち着けるようにリビングでコーヒーを飲んでいると、メールの着信音が鳴る。

送信者：雪野雫
件　名：おはよう
本　文：今日は最終面接だね！
　透くんなら絶対大丈夫だから、自信を持って頑張って。
　私も今日は第一志望の会社から最終面接の結果が来ます。
　二人ともドキドキだね。

単位もほとんど取り終わり、就職活動が本格的になってからは授業で学校に行く回数が減ってしまったから、雫とは「おはよう」のメールが日課になっている。一週間前に第一志望の化粧品会社の最終面接を受けた雫は今日がその結果が出る日だった。大学生になって少しおしゃれに気を配るようになったとはいえ、化粧をしているかしていないかわからない雫が化粧品会社を受けると言ったときは驚いたけど、会社説明会のときにキラキラと華やかで、はっきりと丁寧な口調で説明してくれた社員に憧れて自分もそうなりたいと熱のこもった瞳で話してくれた。頑張り屋の雫ならきっと大丈夫、だから僕も頑張ろう。

送信者：黒田透
件　名：Re: おはよう
本　文：今から最終面接に行ってきます！
　緊張するけど、昨日雫も面接練習に付き合ってくれたから
　その成果をしっかり出してくるよ。
　終わったら連絡するね。雫からいい報告が聞けますように。

いつもとは逆方向の電車に乗り、ビル街を目指す。ビルが建ち並ぶこのあたりでもひときわ大きいビルが僕の目的地。早い段階で業界は決まっていたけど、どの会社がいいかは全然わからなくて思いきって一週間のインターンシップに参加した会社だ。鳴りやまない電話にせわしなく歩き回る社員たちを見て、少し後ろ向きな気持ちになったときもあったけど、どんなに忙しくてもみんな生き生きとした表情で仕事を楽しんでいるように見えた。それに何といっても自分の企画がテレビや街中で大勢に見てもらえる形になるなんて、

きっと誇らしい気持ちに違いない。そんな大きな仕事をしてみたくて僕もここで働きたいと思った。

二、三回深呼吸をして高ぶる気持ちを落ち着かせ、ドアに手を伸ばした。

最終面接は三十分ほどだったが、人生で一番長い三十分だったように感じた。会社を出て外に出ると、心がふわふわと浮いているような、そんな地に足がつかないような気分だった。すごく緊張していたのか手がまだ少し震えている。そんな気持ちを落ち着かせたくて、僕は雫に電話をかける。

〰〰〰〰〰♪　〰〰〰〰〰♪

「はい、雪野です」

「雫、面接終わったよ」

「そっか、お疲れ様！　どうだった？」

「んー、言いたいことは全部伝えられたと思うけど、緊張してあんまり覚えていないんだよね」

彼女の声を聞いて、肩の荷が下りたように緊張の糸がほぐれた。

「あとは結果を待つだけだね。信じよう」

「うん。それで雫は？　もう結果の連絡は来た？」

「あのね、内定だって！」

「本当？　おめでとう！」

周りにたくさん人がいることも忘れて、自分でも驚くほど大きな声が出てしまった。周囲に目をやると僕は少し注目を集めてしまっていて、そそくさとビルの陰に移動する。

「やったね雫、本当におめでとう！」

「ありがとう、やっと安心できたよ。あとは全力で透くんの内定をお祈りするね」

はしゃぐように嬉しそうな声で話す彼女の様子に僕まで嬉しくなる。

「近々お祝いさせてよ。おじいちゃんとおばあちゃんも、それに天国のお父さんとお母さんもきっと喜んでくれるね」

「うん！　でもお祝いは透くんの内定が決まってから一緒にしようね」

彼女との電話を切って、もう一度さっき出てきたビルの方に向き直る。来年の春からここに毎日通えますようにという願いを込めて、深く深く頭を下げた。

＊

廊下を全速力でダッシュして、食堂で待つ雫の元へ向かう。こんなに走ったのは半年前にサッカーサークルの引退試合に出たとき以来かも。髪がぐしゃぐしゃになるのも気にせず一目散に走る。彼女には直接会って伝えたい。

「――雫！」

「透くん、どうしたの？　大丈夫？」

ゼーゼーと息を切らし、久々の全力疾走で震える膝を抱えている僕を彼女は心配そうに覗き込む。

「僕も、内定……もらった……」

「――本当？　第一志望？」

息も絶え絶えで言葉は続かなかったが、大きく何度もうなずいた。

「おめでとう！　やったね、透くん！」

「ありがとう」

少しだけ息が整って、彼女の方を見ると少し瞳が滲んでいた。やっと僕も内定の報告をすることができて安心する気持ちと、自分のことのように喜んでくれる彼女に感謝の気持ちでいっぱいだ。

「ご家族には？　もう話した？」

「うん、朝家を出る前に連絡があったから」

「先生たちには？」

「それはこれから」

「じゃあ今から行こう！　絶対に喜ぶよ。すっごく大きい会社なんだもん、先生たちも誇らしいよ」

そう言うと僕の腕を強く引いて彼女は走り出す。

「――ちょっ、もう走れな」

僕の言葉はもう聞こえていないようだ。足はがくがくで、息も上がって満身創痍になりながら彼女に連れられてゼミ室に向かう。


「あれ、坂口くんしかいないや」

「あ、そうだ。教授は今日学会でいないんだ」

せっかくここまでまた走ったのに、ガクッと肩を落とす。

「ちょっと、先輩たち。俺だけじゃなんか不満なんですか？」

パソコンの陰から顔を覗かせて不満げな表情を浮かべる。坂口は入学当初は雫と同じ文学部だったが、僕が所属するゼミの教授の授業を去年受けたときにひどく感銘を受けたそうで、今年から僕と同じ経済学部に転部してきた。今はこの大学の後輩では坂口と一番親しくしている。

「ごめんね、坂口くん。ちょっと教授を探していたの」

「数日ぶりに会うんだから、もう少し嬉しそうにしてくださいよ。何かあったんですか？」

ぱたんとパソコンを閉じて、僕たちの方にやってくる。

「内定の報告をしようと思ったんだ」

「え！　透さんも決まったんですね。おめでとうございます。どこの会社ですか？」

ぱあっと明るい笑顔になって。坂口も僕の内定をすごく喜んでくれる。

「前に話した広告代理店。第一志望の」

「うわ！　超大手じゃないですか。さすがですね」

「みんなが面接の練習に付き合ってくれたからだよ」

恥ずかしいような、誇らしいような、そんな気持ちだ。でも本当に内定をもらえたのは僕だけの力じゃない。雫はもちろん、坂口だって課題が終わって夜も遅くなったというのに何度も面接の練習に付き合ってくれた。来年は自分も経験するから予行練習なんて言っていたけど、その優しさが本当にありがたかった。

「雪野先輩の会社と近いんでしたっけ？」

「うん、私も透くんも会社の最寄り駅は一緒になるね」

「じゃあ卒業したら同棲したらどうですか？」

『――え！』

その提案に、思わず雫と目を合わせて驚いてしまうが、想像したら急に恥ずかしさが込み上げてきてぱっと目をそらす。

「急に何言うんだよ、そういうのは結婚してから……」

とっさに結婚という言葉を口に出してしまって、さっきよりも恥ずかしくなる。雫といつか、なんて思ったりしたことはあるけど、僕たちはまだ大学生だ。社会人になって働いて、きちんと自立して雫をちゃんと支えられるようになってからの話だ。

「透さんって意外と古風なんですね」

「意外は余計だよ、計画的なの」

「もう家族公認ならいいと思うんですけどね」

「……雪野先輩？」

ふと雫の方に目をやった坂口が疑問を浮かべた表情をしている。

「あ、そうだね。いつか……とは思うけど、まずはきちんと働いて自立しないとだね」

さっきまでの驚いた表情とは一変して、雫は複雑な面持ちだ。急にそんなことを言われて困っているんだろう。

「雪野先輩は……いや、雪野先輩も真面目なんですね」

坂口はまだ何か言いたげな様子だが、まあいいや、と腕を組みながら元いた席に戻っていった。教授も不在だし今日はもう帰ろう。坂口にじゃあまた、とあいさつを交わして僕と雫は帰路に着く。さっきの会話から雫はほとんど黙ったままだ。

「……あのさ、雫」

「……うん」

「その、さっき坂口が言っていたこと、全然考えてないとかじゃなくて。でも、急にそういうのもどうかって……」

沈黙が耐えられなくなって思わず口を開いたが、何を伝えたいのか自分でもよくわからなくなっている。話題を変えればよかった。

「私が家を出ちゃったらおじいちゃんとおばあちゃんが寂しいと思うから」

「……そうだよね」

「でも、いつか、そうなるときっと楽しいね」

うつむいていて彼女の表情は見えなかったが、いつもの優しい声だ。

「うん、そうだね。いつか」

彼女を改札まで見送り、僕もいつもの帰り道に向かって歩き出す。彼女にとって、中学生のころから両親に代わって育ててくれたおじいちゃんとおばあちゃんは本当に大切な存在だ。二人に寂しい思いをさせてまで、雫と一緒にいることは僕も望んでいない。周りから見たら少しもどかしいのかもしれないけど、僕たちは僕たちなりのペースで、この穏やかな日を過ごせたらそれでいいんだ。

*

大学四年生の後期ともなると、単位もおおよそ取り終わり、同級生たちは内定先での研修への参加や卒業旅行なんかで大学に来ることは以前よりもだいぶ少なくなった。

僕は坂口の頼みもあって、卒業論文の添削をしたり就職活動のアドバイスをしたりするためにほとんど毎日朝からゼミ室に通っていたけど。朝起きたら雫とおはようのメールをして、今日は大学に行くのか聞いて、大学で会える日は一緒にお昼ご飯を食べるというのがいつのまにかお決まりになっていた。

しかし今日はもう九時過ぎだというのに、いつも早い時間に起きている雫からのメールがまだ来ていない。

(昨日は夜遅くまで内定先の課題を頑張っていたみたいだからな)

珍しく寝坊でもしてまだ寝ているのだろう。少し気になりながらも、僕は荷物をまとめて今日も大学に向かう。

「はい、ここも直した方がいいよ」

「うわ、真っ赤」

坂口の論文はすごく面白いテーマなのだが、誤字脱字やおかしな日本語ばかりだ。せっかくいいことを書いているのにこれではもったいない。

「文学部にいたんだろ?」

「みんなが読書家で国語が得意ってわけじゃないんですよ」

「じゃあなんで文学部にしたの?」

「数学と物理が壊滅的に苦手だったんですよ」

なるほど、と少し納得してしまったが、大事な学部選びでそんな理由とは本当に僕とはまるで正反対だ。転部しようかと相談を受けてから決めるまでも本当に早かったし、そういう思いきりのいいところは少し見習いたい。

「もうお昼ですね、今日も雪野先輩と食堂ですか？」

「……いや、今日はまだ連絡がないんだ」

「喧嘩でもしたんですか？」

いつもならこの手の話題にはからかうように言ってくる坂口だが、僕が心配に思っているのが伝わったのか真面目なトーンで聞いてくる。

「喧嘩なんてしないよ。この時期だし忙しいんじゃないかな」

「入社前なのに課題が出たんでしたっけ？」

「そう。でも僕も雫もまだいい方だよ。研修でもう会社に行ってアルバイトって形で働いている人もいるからね」

「――え！」

坂口はすごく驚いた表情をして、ずっと学生でいたいなんてぼやいている。この自由な学生生活が終わることを考えると名残惜しいけど、早く自立して両親を安心させたい気持ちもあるから僕もなんだか複雑だ。

「それにしてもお昼まで連絡が来ないなんて初めてだな」

「まだ半日もたってないじゃないですか」

先ほどとは違い、心配しすぎと笑われる。今日は朝からずっと雫からのメールを待ってそわそわしていたのだが気にしすぎなのだろうか。

「毎日連絡を取る方が珍しいと思いますけどね」

「え？　それは普通でしょ？」

全然、と僕の言っていることに全く同意できないという表情だ。無事に家に着いたかなとか、体調を崩していないかなとか、僕はついつい気になって朝晩と連絡をしてしまうし、雫も僕と連絡が取れなかったらきっと同じように心配してくれると思う。でも僕たち二人は周りから見たらちょっと心配性すぎるのかもしれない。

「雪野先輩って……」

ぼそっと坂口がつぶやく。

「ん？」

「……いや、やっぱりいいです」

いつもはなんでもはっきりものを言う坂口にしては珍しく言葉を濁す。

「雫がどうしたの？　そんな中途半端に言われると気になるよ」

言おうか言わないか、少し悩んでいるのか一度口元を押さえて一呼吸おいてから決心したように僕の方を見る。

「……俺の考えすぎかもしれないんですけど、なんか上手くいくのを避けてるっていうか、自分から遠ざけてるように思って」

「えっと……ごめん、よくわからないんだけど」

言葉を選ぶような、遠回しな坂口の話に首をかしげる。

「この間、雪野先輩と廊下で会ったときに内定おめでとうございます、って伝えたんですよ。成績も優秀だし、恋愛も上手くいってて、尊敬してますみたいな話をしたんですけど、なんか……ちょっといつもの雪野先輩と違う感じで否定されて……」

「いつもと？　雫が褒められて謙遜するのなんていつも通りだよ。私すごいでしょ、なんて自慢げに言ったらそれこそいつもの雫じゃないよ」

坂口が何に対して違和感を抱いているのかよくわからない。昔から優等生で人当たりもよくて雫はよく褒められる。でも褒められることには慣れていなくて、どう返したらいいかわからず困っている姿を何度も見てきた僕にとってはそれが普通だ。

「……それならいいんですけど。ちょっと怒ってるというか、泣きそうにも見えたので気になって。この間の同棲の話をしたときもそんな感じだったんで」

「うーん……そう……だったかな？」

「いや、俺の勘違いだったみたいです。俺より透さんの方が雪野先輩のこと知ってるんだし」

この話はやめましょう、と言って坂口は席を立つ。少し歯切れの悪い感じが気になるが、これ以上この話を続ける気はないようだ。


「それより、夜まで雪野先輩から連絡がなければ、電話でもしたらいいんじゃないですか？　そのころまでにはマメな雪野先輩なら返信がありそうですけど」

「そうだね、少し待ってみるよ」

そう言うと坂口は教室を出ていった。確かに坂口の言うとおりだ。何かあったら雫の方から連絡してくれるだろう。それに何か悩んでいることがあるなら、真っ先に僕に相談してくれるだろう。ずっと握り締めていた携帯電話をポケットにしまい、僕も教室をあとにした。

＊

帰宅してもまだ、雫からの返信はない。昨日連絡を取ったときは普通だったし、僕に怒って連絡をしてこないというのは違うことはわかっている。今日は何か用事があって忙しくしているのか、もしかしたら連絡できないほど体調が悪いんじゃないかとか、考えれば考えるほど悪い想像が頭をよぎる。昼間の坂口の話もあってか、胸の奥がざわざわとして落ち着かない。

もし忙しかったら迷惑かもしれないという思いよりも、収まらない胸騒ぎを消し去りたくて電話をかけてみるが、何コール待っても雫が出る気配はない。

(明日の朝、また連絡してみよう……)

その日は雫のことが気がかりで朝方までなかなか寝つけなかった。目が覚めると、カーテンの隙間から入る光は嫌にまぶしくて、慌てて時計に目をやると時刻は十二時を回っている。ベッドから出ると、机の上で携帯の着信ランプが光っていることに気づいた。

(――雫だ!)

画面には『着信一件、メール一件』と表示されている。メール画面を開くと送信者は雫。よかった、無事だった、とほっと胸をなでおろしたのもつかの間、本文を開いた瞬間、心臓が凍り付くような絶望が襲いかかってきた。

送信者：雪野雫
件　名：（件名なし）
本　文：おじいちゃんもおばあちゃんも、いなくなっちゃった。

送信時刻は午前七時過ぎ。もう五時間も前だ。メールの一文で、ただ事ではないということがわかる。どうして着信にもメールにも気づけなかったんだ。

～～～～～♪　～～～～～♪

（……雫、出てくれ）

～～～～～♪　～～～～～♪

呼び出し音が止まった。

「…………」

「――雫？　ごめん、連絡が遅くなって。メールの、いなくなったってどういうこと？」

「……透くん」

電話の向こうからは力なく僕の名前を呼ぶ声が聞こえる。雫は無事なのか、おじいちゃんとおばあちゃんに何があったのか、聞きたいことはたくさんある。でも、今は雫を一人にしておけない、そう思った。

「雫、今どこ？」

「……家の……前にいる」

「──すぐ行く」

「…………うん」

かろうじて聞き取れる、今にも消えてしまいそうな声。部屋着のままだということも忘れ、携帯電話と財布だけを持って家を飛び出した。

昨晩感じた嫌な予感は現実のものだった。いや、違和感なら昨日の朝、雫から連絡がなかった時点で感じていた。思い過ごしならそれでよかったのに、どうして昨日のうちに雫の元に駆け付けなかったんだ。後悔と、自責の念に駆られながらも、ちょうど通りがかったタクシーに乗り込み、雫の家に向かう。

もうわずかで到着するというところで、ちょうど赤信号で止まったのでそこで降りると茫然と立ち尽くす人が見える。まぎれもない、雫だ。

「しず…………え？」

僕は目の前の光景に言葉を失った。ニュース番組やドラマで見るような「立入禁止」と書かれた黄色い規制テープが張り巡らされ、窓はブルーシートで覆われている家。そこは僕も何度か訪れたことのある雫の家だった。

「雫！　何があったの？」

彼女の両肩をつかみ、こちらを向かせようとすると、体の芯が失われたかのように僕の力に身を任せ、光のない虚ろな目をしている。

「――ごめん、雫を一人にして」

僕は何をしているんだろう。ここで何があったかはわからない、でも事件に巻き込まれたというのはこの状況を見ればわかる。それなのに、僕が雫に最初にかける言葉は「何があったのか」ではない。放心状態の彼女を強く抱きしめる。

いつもなら僕の背中にそっと手を回してくれるのに、彼女の両腕は力なく垂れ下がっている。

「怖かったよね。すぐに来られなくてごめん」

「…………」

僕の肩に顔をうずめた彼女は黙ったままだ。でも、湿ってきたシャツの襟口で彼女が泣いていることを察した。小さく体を震わせている。

「……おじいちゃんとおばあちゃん」

「うん」

「…………死んだの」

「――っ」

雫のメールを見て、この家と雫の様子を見て、僕の頭に浮かんだ最悪の結末が彼女の口から告げられる。心臓が締め付けられるように苦しい。やり場のない気持ちをどうしたらいいかわからない。

（……なんで、いつも雫ばっかり）

涙があふれて止まらない。ごめん、ごめんと繰り返すことしかできない。もう二度と、こんな無力さを感じたくなかった。彼女のお父さんが亡くなったときから、ずっとずっと、彼女の笑顔を願い続けてきたのに、そんなささやかな祈りすら届かない。いつも一緒にいて、一番の支えになりたいと思っていたのに、大事なときに限ってそばにいてあげられなかった。

ぽつり、ぽつりと雨粒が落ちてくる。無言のまま時間だけが過ぎていた。日が傾き始め、冷たい風に少し身震いする。

「雫、一緒に帰ろう」

「………でも」

「帰ろう、一緒に」

ためらう彼女の手を強く握り、僕の家に向かった。


雫と僕の両親は何度か会ったことがあるけど、泊まりに来るのは初めてだから少し驚いていた。でも、「後できちんと説明するから」という言葉を聞いて、何も言わずに迎え入れてくれた。僕らの表情を見て、何かを察してくれたんだと思う。

僕の部屋に入ると、これまで黙ったままだった雫が口を開く。

「ごめんね、迷惑かけて」

「迷惑なんて思ってないよ」

「……でも、ご両親にまで」

ごめんなさい、とつぶやく彼女の正面に正座して、ぎゅっと握り締められた彼女のこぶしにそっと手を伸ばす。

「あとで僕からちゃんと話すから、心配しないで」

「……ありがとう。でも、私からきちんと話させて」

「……大丈夫？」

小さく頷いた彼女と一緒に両親のいるリビングに向かい、二人に話したいことがあると伝える。二人は今にも泣き出しそうな雫を見て、すぐに僕たちの前に座ってくれた。

「雫ちゃん、どうしたの？」

心配そうな表情でお母さんが雫の顔を覗き込む。

「昨日の朝、いつもは早起きのおじいちゃんもおばあちゃんもリビングにいなくて、寝室に行ったら……」

「…………」

「布団が真っ赤で、二人とも……声をかけても、動かなくて」

『――えっ』

僕も両親も、息の仕方を忘れてしまったかのように硬直する。彼女の発した言葉は、想像を絶するものだった。

「そこからのことは、あんまり覚えてなくて」

「……雫、今無理に話さなくてもいいよ」

彼女の背中にそっと手を伸ばすが首を左右に振る。

「病院に行って、そうしたら警察の人に呼ばれて、話を聞きたいって」

「……」

僕も両親も、雫が必死に伝えてくれる言葉を聞き逃さないように、静かに耳を傾ける。

「前の日の夜に何をしていたかとか、おじいちゃんとおばあちゃんと私の間にもめごとはなかったかとか……いろいろ聞かれて……」

ここまで話すと、わっと火が付いたように彼女の瞳からは大粒の涙が流れ出した。

「――そんなの、まるで雫を疑っているみたいじゃないか！」

ふつふつと湧き上がる怒りの感情が抑えきれない。取り調べとはいえ、家族を亡くした雫にそんな聞き方をするなんて許せない。怒り任せに机に強くこぶしをぶつけていた。

「――透、落ち着いて。……雫ちゃん、つらかったね」

「雫さん、昨日はそのあとどこで過ごしていたんだい？」

両親の言葉に、少しだけ冷静さを取り戻す。

「……夜遅くまで、警察の人に話を聞かれて。でも近所の人たちが私たちのことを話してくれたのもあって、一旦私への取り調べはここまでってことになったんです」

雫とおじいちゃん、おばあちゃんは、誰が見ても仲がいいことがわかる。近所付き合いもよく、疑う理由は何一つ見当たらない。

その後の話によると、近所の住人への聞き取り調査からも雫には動機が見つからず、凶器に雫の指紋がなかったことや、リビングと寝室の窓も換気のために施錠されていなかったことから外部犯の可能性もあると判断され、その日の夜に雫は解放されて警察の人が手配してくれたホテルで一夜を明かしたという。一人で恐怖と悲しみで眠れないまま朝を迎え、そして耐えきれなくなって僕に連絡をくれた。

「私は……二階の奥の部屋にいたから、犯人に気づかれなかったのかも……」

お母さんも目に涙をいっぱいにためている。お父さんのこんな悲しそうな顔を見るのも初めてだ。僕は自分がどんな感情で、どんな表情をしていたかなんてわからない。でも、ただ一つ。

「……………雫が、無事でよかった」

家族をまた二人亡くした雫にかける言葉としては不謹慎だったかもしれない。それでも、その唯一の救いを喜ばずにはいられなかった。

「雫さん、以前透から聞いているんだけど、ご両親もすでに他界しているんだって？　ほかに親戚は……？」

「……いえ、母の両親も私が生まれる前に亡くなって」

「……そうだったんだね」

改めて、雫がどんな境遇に置かれていたのか理解する。たった一人この世に取り残されて、どれだけ怖い思いをしているだろう。僕の乏しい想像でも身を引き裂かれるような思いだ。

「お父さん、お母さん、僕は雫の力になりたいんだ」

その言葉に、雫は驚いた表情で頭を上げる。

「そうね。雫ちゃん、うちでよければ一部屋あるから」

「そうだな。それにこのあとの手続きも雫さんには荷が重すぎるだろう」

「――そんな、でも」

慌てて立ち上がり、断りの言葉を言いかけた雫の腕を引き、座り直させる。

「雫、僕のことを頼ってよ。僕一人じゃ頼りないだろうけど、お父さんもお母さんもこう言っているんだし」

「頼りなく……なんか、ない」

子供のように泣きじゃくる雫の頭をそっとなでる。ほんの少しだけど、雫の体から力が抜けたのがわかった。

「……ありがとう……ございます」

＊

事件の後、葬儀は僕のお父さんが手配してくれて滞りなく終わった。といっても、参列したのは僕の家族と雫だけでひっそりと執り行われた。

警察の事情聴取や捜査状況の報告で雫は何度も呼ばれたが、結局犯人は見つかっていない。徐々に明らかになっていく事件当夜の様子は背筋が凍りついてしまうほど、残酷なものだった。


犯行時刻は深夜二時から早朝の四時の間、雫が眠りについたあと。鍵が開けっ放しになったリビングか寝室の窓から犯人は侵入し、目立つところに置かれていた財布や通帳には目もくれず、二人は殺害された。返り血を浴びないよう頭まで布団で覆われ、その上から畑仕事で使う鎌で一突き。おじいちゃんは胸を、おばあちゃんは喉元を。かなり深いところまで刺さっていて、力を込めて大きく振り下ろしたことがわかる。ほぼ即死だったようだ。

おじいちゃんはその晩深酒をしていて、おばあちゃんは寝つきが悪いからと処方されていた睡眠導入剤を飲んでいたから犯人の気配を感じられなかったんだろうということだ。

凶器となった鎌は雫のおばあちゃんが家のわきに作った小さな家庭菜園で使っているものので、道路からでも少し覗き込めば見える場所に置かれていた。何かで柄を覆っていたのか、指紋も雫のおばあちゃんのものしか残っていない。部屋が荒らされた様子もなく、金品にも手を付けられていないことから、怨恨目的の線で二人の過去の人間関係を洗い出しながら捜査を進めていると伝えられた。

刺されたあとに二人は苦しんで声を出していたかもしれないが、あいにくその日は雨だったこともあり、雨音にかき消されて雫も朝まで気づくことができず、更に朝方にかけて徐々に強まったその雨は証拠となる犯人の足跡までも消し去ってしまい手がかりは残っていない。

(――酷い、酷すぎる)

あんな穏やかな二人が、誰かから恨みを買うなんて考えられない。でも、もしもそうなら犯人が同じ家にいた雫を見逃したのは本当に運がよかったのかもしれない。事件当日、同じ家にいたのに偶然気づかなかったのか、それとも雫が祖父母と暮らしていることを知らなかったのか……。理由はどうであれ、もし雫のことを知ったら二人のように命を狙われるという可能性もゼロではない。そう考えて僕の両親は雫に一人で家には戻らないよう強く言い聞かせ、荷物を取りに行くときは必ず警察に付き添ってもらっていた。

これまで通りの日常とはほど遠い日常。事件の話が出るたび雫の表情はこわばる。第三者として聞いている僕でさえ耳を覆いたくなる事実に直面したのだから当然だ。雫の笑顔を取り戻したい、そう願って支え続けた僕と両親の思いが少しずつ彼女の心を溶かしていったのか、ゆっくりと、ほんの少しずつだけど、彼女の柔らかい笑顔を見られる日も増えていった。

*

そんな慌ただしく落ち着かない中、僕たちは大学を卒業した。

まだ肌寒い三月。卒業式を終えて、僕と雫は校門手前から四年間通った校舎に名残惜しさを感じながら眺めていた。すると、教室から僕たちを見かけたのか坂口がこちらに走ってきた。

「透さん！　雪野先輩！」

その後も僕は何度かゼミ室で坂口と顔を合わせていたが、雫と坂口が会うのは事件のあとだとこの卒業式の日が初めてだ。

「あの……卒業おめでとう、って感じでもないですよね。雪野先輩……大丈夫……ってそんなわけないし……その……」

ニュース番組で事件は大々的に取り上げられ、学校で雫の家のことだと噂されているのを聞いて心配していた坂口には僕の口からも伝えている。それでも何と言葉をかけていいのかわからず困惑している様子を見て、雫の方からそっと口を開いた。

「ごめんね、驚かせちゃって。透くんから坂口くんがすごく心配してくれているっていうことは聞いていたの。ありがとう」

「いえ、そんなの当然ですよ。犯人もまだ捕まっていないんですよね？」

「……うん」

小さなこぶしをぎゅっと握り締めて雫はうつむく。眉間にしわを寄せて、唇を小さく震わせるその表情が事件の痛々しさを物語っているようだった。

「大丈夫、僕が雫のそばにずっといるから。僕の両親も今は一緒だから安心して」

「うん、ありがとう透くん」

雫の表情がぱっと明るくなり、僕の方を向いて頷く。

「――あの、雪野先輩は……」

「うん？」

少し前、僕に雫のことを聞いてきたときと同じように、坂口は複雑な何か言いたげな表情をしている。でも本心を隠すように言葉を続ける。

「いや、透さんがそばにいれば安心ですね」

「うん、透くんには感謝ばっかり。坂口くんもこうして声をかけてくれて嬉しいよ。本当にありがとう」

「本当に、わざわざ卒業式の日に来てくれてありがとう。就活とか困ったらいつでも連絡してよ、それに卒業してからもまたご飯に行こう」

「卒業してからもまた会えると嬉しいな」


大学生活最後の日。でも坂口とはこれからも仲よくするんだろうなと思っていたから、いつもの帰り際のように軽く手を振って背を向ける。そうして歩き出そうとした瞬間、坂口は僕の肩をぎゅっとつかみ、僕にだけ聞こえる声で小さくつぶやく。

「透さん……雪野先輩のこと、気をつけてあげてください」

「うん、わかってるよ」

「……ちゃんと、ですよ」

僕の肩をつかむ力を強め、強いまなざしで念を押すように、訴えるように、坂口は言う。

そんな坂口の言葉の真意を僕が知るのはまだずっと先だった。

雫の抱えている孤独、悲しみ、苦しみは想像しているよりもずっと深く、重いものだということを、このときの僕はまだ理解できていなかった。

第七章「いつも隣にいる」

卒業式が終わった日の夜、両親は雫にこのまま僕たちの家に残っていてもいいし、僕と雫の勤務先が同じ最寄り駅ということもあり、近くで一緒に暮らしてもいいと提案してくれた。雫のことを家族のように大切に想ってくれる両親には感謝しかない。

それでも、雫はこの提案には首を縦に振ってくれなかった。

「私も社会人になるので、これ以上みなさんに頼ることはできません。それに、自立して私は大丈夫だよって、天国の家族に伝えたいんです」

彼女の言葉から決心の固さが伝わる。とはいえ、雫の家を襲った犯人が見つからず、動機もわからない以上、不安は消えない。そして遅くまで話し合った結果、みんなが少しでも安心できるようにと僕と雫は徒歩圏内のアパートでそれぞれ一人暮らしをすることに決めた。

入社式まであと一週間。先に雫の引っ越しが終わり、今日は僕の新居の片付けを手伝ってもらっている。平日ということもあり、今朝僕の両親は仕事で手伝えないと申し訳なさそうにしていたが、大きな家具は一通り運び終わってあとは衣類や雑貨の入った段ボールを片づけるだけだ。

「透くん、小説も雑誌も全部この棚でいいの？」

「うん、ありがとう。雫の要領がいいからお昼には終わりそうだ」

「じゃあ終わったらこの近くでご飯に行こうよ。早くこの街に慣れたいし」

同じ都内とはいえ、このあたりの土地勘は全くない。雫の引っ越しのときにスーパーやコンビニ、郵便局など生活するうえで必要な場所はチェックしたが、ここしばらく忙しくしていたからゆっくり街の景色を楽しむ余裕はなかった。早いところ部屋を片付けて、久しぶりに雫と出かけよう。

「あれ？　透くんの携帯、光ってるよ」

「ん？」

荷物の整理に夢中になっていて気づかなかったが、着信が三件。

「あ！　隼人だ」

最後に会ったのは去年の夏、それからお互い忙しかったから連絡をするのは半年ぶりだ。すぐに折り返し電話をかけると、ワンコールですぐに着信が鳴りやむ。

〜〜〜〜〜♪

「透！　元気？」

昔から変わらない、はきはきとした明るい口調の隼人。

「元気だよ。隼人は？　久しぶりだね」

「元気、元気。引っ越しも終わって今実家にいるんだよ。それで久しぶりに悠人と拓也に連絡したら二人もこっちにいるっていうからさ、今晩集まらない？」

懐かしい友達の名前に、心が躍る。悠人も拓也も大学が離れてしまって、連絡こそ取ってはいたが会うのは成人式以来だ。

「ちょっと待ってもらっていい？」

送話口を手で押さえ、雫に声をかける。三人が帰ってきていることを伝えると、懐かしそうな表情を浮かべ「せっかくだし行ってきなよ」と快諾してくれた。再び電話口の隼人に声をかける。

「おまたせ、隼人。俺も参加するよ」

「……そこに雫ちゃんもいる？」

「うん、引っ越しを手伝ってもらっていたんだ」

「――バカ！」

突然耳元で大きな声を出され、驚いてしまう。

「え？」

「雫ちゃんも誘えよ。みんな仲間じゃん」

隼人の言葉にハッとする。それもそうだ、僕はなんて気が利かないんだろう。男だらけとはいえ、雫にとってもこの三人は友達だ。

「――ちょっと待って」

本棚を整理している彼女に再び声をかけ、一緒に行かないかと聞いたら満面の笑みで「行きたい」と言ってくれた。こんなに嬉しそうな雫の笑顔を見たのは久しぶりかもしれない。みんなに会うことで雫が元気になってくれる気がした。

「隼人、雫も参加で。どこに行けばいい？」

「あーそうだな……透の家ってどこ？」

「え？　隼人が昔から知ってる家だよ？」

「じゃなくて、新居！」

ああ、と納得して最寄り駅を伝える。ちょうど片付くことを伝えると、僕の家にみんなが集まるということで決まった。新居祝いなんて言っていたけど、きっと隼人のことだからどんな家か見てみたいんだろうな。

「じゃあ十八時に駅に迎えに行くよ」

電話を切ると、目を輝かせて浮かれた様子の雫が僕の袖口を引っ張ってくる。

「みんな久しぶりだね、楽しみだね」

「五人で集まるなんて七年ぶりか」

「もうそんなになる？　私たちも大人になったね」

中学時代の懐かしい思い出がよみがえってくる。僕と雫は中学生のときに出会い、今もこうして一緒にいる。クラスメイトでしかなかった僕らの関係がこんな風になるなんて、当時の僕が知ったら驚くだろう。そして毎日一緒にいた仲間と長い年月がたってもこうして会うことができるのは、友達を何よりも大切にして連絡を取り続けてくれた隼人のおかげだろう。


一通り部屋が片付き、僕と雫は近くで見つけた定食屋さんに入った。昼食を済ませて商店街や駅前の百貨店で今晩のお酒やお菓子、お惣菜の買い出しを済ませて待ち合わせの時間に約束の場所へ向かう。

「おーい、透、雫ちゃん」

改札のわきで手を振っている隼人の横には悠人も拓也もいる。以前よりもみんな大人びているが、中学時代から変わらない面影とみんながそろったときの変わらない空気感に胸が躍る。

「みんな、久しぶりだね。変わってなくて嬉しい」

「雫ちゃんにも会えるなんて嬉しいよ。でも変わったでしょ？　俺とか特に大人っぽくなったと思わない？」

ちょっとだけ困った顔でそうだねと雫は同意する。隼人と雫のこんなやりとりも懐かしい。この関係は本当に昔から変わらない。

家についてリビングのテーブルにお酒と総菜を並べていると、みんなもたくさん差し入れを持ってきていて、置く場所が足りないくらいだ。いったい何人分のお酒と料理があるんだろう……。

「二人で住むには狭いんじゃない？」

ワンルームの部屋を見渡し悠人が言う。

「いや、ここは僕だけだよ。雫はここから五分くらいのところに部屋を借りてるんだ」

『え？』

三人は驚いて僕たちの方を見る。

「まずはお互い自立しようって話したの。別にいいだろ」

「二人がいいならいいじゃん。それに透だけの部屋なら気軽に泊めてもらえるし？」

からかうように言った拓也に隼人も悠人も同意する。

「別に泊まってもいいけど、急にはやめてくれよ」

数年ぶりだというのに、久しぶりという緊張感は全くない。お酒を飲める年齢になって、春から通う会社のことを話して、形こそ変わったがあのときの僕たちのままだ。

酔いが回ってくると、中学生のときの文化祭で隼人がステージで披露したモノマネに誰も笑わなかったとか、悠人と拓也が運動会でふざけすぎていつもはおとなしい雫に正座させられてこっぴどく怒られたとか、懐かしい話に花が咲く。隼人が高校生のときに雫に告白してフラれた話も今では笑い話になっている。こんなに大笑いしたのはいつぶりだろう。

楽しさで時間を忘れていたが、気がつくと日付が変わっている。

「あ、みんな終電は？」

「大丈夫、今日は透の家に泊まるから」

「俺も」

「同じく」

急に泊まるのはやめてくれと言ったはずなのにとちょっと不機嫌そうにして見せたが、実際僕もまだみんなと一緒にいたかったから、はいはいと観念したように返事をする。

「今日だけだぞ。寝るならベッドは雫で俺らはじゃんけんでソファーか床で」

「私もじゃんけんする！　雑魚寝って初めてなの」

こんなにキラキラした目で見られると断れない。結局じゃんけんに勝ったのは雫だったが、その後すぐに酔いつぶれた隼人がベッドを占領してしまった。

「まったく……相変わらず隼人は隼人だな」

僕はため息をつきながらも隼人に布団をかけてみんなのところに戻る。

「安心したんだよ。隼人ここに来るまで悩んでいたから」

『え？』

状況がわかっていないのは僕と雫だけのようだ。悠人は拓也に続きを話していいか確認するように目を合わせてから話を続ける。

「この数か月、俺たちずっと連絡を取り合っていたんだ。雪野さんの……数か月前の事件のあとから……」

さっきまで賑やかだった部屋がしんと静まり返る。

「ニュースでおじいちゃんとおばあちゃんの名前が出ていたからさ、中学校の同級生の親たちが気づいて、それで僕たちも噂とかで聞いて知っていたんだ」

「……そうだったんだ、ごめんね。びっくりしたよね」

悠人は首を左右に振って話を続ける。

「隼人ずっと心配していて、彼氏の透なら状況がわかるだろうって何度も連絡しようとしていたんだけど、雪野さんの知らないところで勝手に聞くのもどうかって話になって、それでどうしようか相談していたんだ」

拓也は悠人の言葉に大きく頷く。

「しばらく離れてはいたけど、みんな大事な仲間だから。電話やメールじゃなくて、やっぱり都合がつくなら会おうって三人で決めたんだ」

雫の頬を涙が伝う。みんなも心配してくれていたんだ。二人の話を聞いて僕まで目の奥が熱くなる。

「ありがとう。私、みんなには心配ばっかりかけて……」

「仲間なんだから心配して当然だよ。な、悠人」

「ああ、こうやってただバカ騒ぎをするくらいしかできないけど、少しでも元気になってもらいたかったんだ」

「ご両親のことも、今回のこともつらかったよね。みんなすぐに連絡したかったんだけど、なんて言葉をかけていいかわからなくて……」

悠人は悲しそうな表情でうつむく。

「来るのが遅くなってごめん、雪野さん。それに透も」

拓也も悠人と同じ表情だ。

「ううん、みんなが私を気にかけてくれていたなんて嬉しいよ。それに今日こうして会ってくれて、こんなに楽しい気持ちになれたのは久しぶりだよ」

雫の涙はここ数か月見てきたものとは違う。みんなの気持ちはしっかりと彼女の心に届いたんだと思う。

「透までなんで泣いているんだよ」

悠人の手が僕の肩に置かれる。気づいたら僕まで泣いていたようだ。

「透は昔から責任感が強すぎるんだよ。俺らのことも頼れよ」

「そうだ、拓也の言う通り。そこで気持ちよさそうに寝てる隼人だって一番そう思ってるんだから」

僕はこの数か月、雫がこれ以上寂しい思いをしないよう、傷つかないよう必死で、全く心に余裕がなかった。そんな僕の様子に雫が気づかないわけがないから、二人ともずっと暗闇にとらわれてしまっていた。だからこそ、この日の再会はそんな僕たちに光を与えてくれるものだった。

そのあと少しだけ飲み直して、それぞれの近況なんかを話しているうちにみんな眠ってしまい、気づいたら朝になっていた。名残惜しいけど、朝になってみんな予定があるからと帰り支度をする。

「雫ちゃんはやっぱり笑ってる方がいいよ。透のことでもなんでも、悩んだらいつでも連絡していいから」

隼人は事件のことには触れなかった。でも昨晩、悠人と拓也の話を聞いて雫も僕もその優しさを改めて実感していた。

「透も」

「え？」

「透が笑ってないと、雫ちゃんはそういうのすぐ察するんだから。雫ちゃんのためにも何かあったら一番に俺を頼れ」

強く握られたこぶしが僕の胸に当てられる。

「……うん、ありがとう。今回のことでいろいろとわかったよ」

「それならいいんだ」

次はみんなで仕事の愚痴をつまみに飲もうなんて約束をして、それぞれ帰路に着く。僕たちはもうすぐ社会人になる。環境も住む場所もみんな別々だけど、今日からはまっすぐに前を向いていられる気がした。

＊

（ええと、二十部印刷して左上に斜めにホチキス……っと）

社内はいつも慌ただしい。一日中鳴り響く電話に、争奪戦となる会議室。腕時計に目を落とすと時刻はもう十九時を回っているが執務室にはまだ大半の社員が残っている。明日の朝イチで使うプレゼン資料がつい先ほど完成して、僕は先輩に印刷と会議室の準備を頼まれた。トレイに次々積み上げられていく資料をぼーっと眺めながらほんの少しばかりの休息を取っている。

（あ、終わった）

資料を一セットずつに並び替えていると、背後から頭にコツンと何かが当たる。

「え？　先輩」

僕の指導係の青木《あおき》先輩。資料の入った封筒で軽く頭を小突かれたようだ。入社して最初の一か月は新入社員全員が毎日会議室で社会人としてのマナーとか、電話対応、会社のシステムに関する研修を受けて、二か月目に入ってからは各部署へ配属される。僕が配属されたのは営業部で、四年目となる青木先輩の元で仕事を教えてもらっている。

「そんなやり方してたら終わらないぞ。今どきのコピー機はホチキス留めまでできるんだよ」

「え？　そんな便利な機能があるんですか！」

「教えるからこっちに……って、まあもう出力してるなら先に終わらせるか。俺にもホチキス貸して」

「……すみません」

こんな遅い時間でも嫌な顔一つせず、さわやかな笑顔で手伝ってくれる。しわ一つないスーツにツーブロックのきれいに整えられた髪、デキる営業マンという言葉がぴったりだ。見た目だけではなく、実際に気配りができるしレスポンスも早いと取引先からも評判がいい。

「これで全部？　ついでだし一緒に会議室のセッティングも終わらせるか」

「すみません、忙しいのに」

ここ数日、先輩は終電間際まで会社に残っているとほかの先輩からも聞いていた。なんでも大きなプロジェクトのメンバーに抜擢されて、その打ち合わせで連日忙しいようだ。その先輩の手を止めてしまっていることが申し訳ない。

「そういうときはすみませんじゃなくて、ありがとう。こっちから手伝うって言ったんだし、ありがとうの方が言われて嬉しいだろ？」

「――ありがとうございます！」

「そうそう。これ円満に仕事を進めるコツだから」

「円満に？」

会議室に入って二人になると、先ほどまで凛としていた先輩の表情が少しだけ緩む。

「そ、何かしてもらったら申し訳ないって思うんじゃなくて、その好意に感謝するんだ。謝られたら相手は余計なことをしたかなって気持ちになるけど、ありがとうだったらお互いに気持ちいいだろ」

「なるほど」

「それに、一年目は迷惑とか失敗とか気にしなくていいから」

「え？」

「新人が育ってくれたら俺たちの仕事も楽になるだろ。怒るのも意地悪したいんじゃなくて、黒田なら一回きちんと言えば次はできるって期待しているんだよ」

「……ありがとうございます。頑張ります」

涙ぐみそうになり、とっさに唇を噛みしめる。誰にも言えなかったが、この三か月間は誰の役にも立てていないし、むしろ足手まといでしかなくて、怒られる毎日に自信をなくしていた。朝起きると憂鬱だし、基本といわれる電話対応すら怖くて受話器に手を伸ばせなかった。そんな僕なのに、先輩は期待という言葉をかけてくれた。それに応えたい。

机の上に資料を並べ、プロジェクターとスクリーンを設置して、付箋やマーカーなどの備品を用意して、準備がすべて終わったころにはもう二十時が回っていた。

「青木先輩、遅くまですみま……あ、ありがとうございます」

「いいんだよ、少し前までこういうの全部俺の仕事だったのに、黒田のおかげでこっちも助かっているんだから」

「僕でも役に立てているんですか？」

「当たり前だろ。毎朝一番に出社してコピー用紙を補充してくれているのも、来客用のコーヒーの発注をしてくれているのも、応接室の掃除をしてくれているのも、全部黒田だってみんな気づいているよ。部長も黒田のそういう姿勢がいいって褒めていたよ」

その言葉に胸の奥がじんわりと温かくなるのを感じた。自分にできることはこれくらいしかないからと続けてきたことが、誰かに褒められるものだとは思っていなかった。でも、そんな些細なことでも見てくれている。それが嬉しくて仕方がない。

「あの、僕にできることがあったらなんでも言ってください。なんでもやります」

「お、心強いな。でも今日は遅いから、また明日から頑張ろうな」

執務室に戻る途中で先輩はコーヒーを買って僕に手渡してくれた。ブラックコーヒーは苦手だったけど、この苦さがやっと社会人としての一歩を踏み出したことを実感させてくれた。


「青木先輩、今日は本当にありがとうございました」

帰り支度をして、少し遠回りして先輩のデスクの横を通る。

「お疲れ、何か困ったらいつでも言って」

「はい、お疲れ様です」

「――あ!」

通り過ぎたところで先輩の声に振り返る。

「黒田、さっきの円満に仕事を進めるコツ、あれプライベートでも応用できるから」

白い歯を見せて少年のような笑顔で先輩は僕に手を振る。

「応用……してみます!」

ぺこりと頭を下げて、いつもより軽快な足取りで帰宅する。思い返すと僕は雫にも謝ってばかりだ。一緒に帰る約束をしても仕事で待たせてしまったり、休日出かける予定も疲れてどちらかの家で過ごすように変更してもらったり。それでも雫はいつだって不満一つ言わない。雫だって僕と同じく社会人になったばかりで大変なのに、いつだって僕を気遣ってくれる。

週末、雫に会ったら「ありがとう」を伝えよう。

＊

あたたかい木目のカウンターテーブルに、目の前に置かれた昔ながらの七輪。先月僕と雫のアパートの中間地点で見つけた小さな居酒屋の落ち着いた雰囲気が気に入って、二回目の来店だ。珍しく雫よりも先に到着して、ビールを飲みながらメニュー表を眺めている。週初めは怒られっぱなしで気が滅入っていたけど、先日の青木先輩の言葉で気持ちを入れ替えて前向きに仕事に向き合えるようになった。こんなに清々しい気持ちで金曜日の夜を迎えられたのは久しぶりだ。

「いらっしゃい」

ガラガラと音を立てて開いたドアの方を見ると、雫が僕を探してあたりを見渡している。

「雫、こっち」

「透くん、お疲れ様。今日は早いね」

少し走ってきたのだろうか。手でパタパタと顔を仰いでいる。

「今日の準備でここ最近忙しかったんだけど、やっと落ち着いたんだ。雫もお疲れ様」

彼女のドリンクを注文して、飲みかけの僕のグラスと乾杯する。毎日メールはしていたけど、通勤の時間を合わせるのも今週は難しかったからこうして会うのは一週間ぶりだ。

「雫、なんか今日いつもと違う？」

「どこが違うかわかる？」

僕の方に顔を傾けて、期待したようなまなざしを向ける。

（……髪、は切ってないな。服？　いや、見たことあるし……）

「もう、メイクだよ！　帰り際に先輩がやってくれたの」

口をへの字にして、僕の方にぐいと顔を近づける。

「いや、違うのは気づいたんだけど男にメイクはわからないよ」

「せっかく時間をかけてやってもらったのに」

彼女は鞄から小さな鏡を出して自分の顔を確認する。僕も改めてじっと見ると、まつげがくるんとしていて、目の周りが薄いピンク色でキラキラとグラデーションになっている。

「いつもより可愛いなっていうのには気づいたんだけどな……」

言葉が口から出てしまってから、自分の言ったことを思い返して赤面する。もう長い付き合いとはいえ、こんなにストレートに可愛いなんて口にしたことはない。慌てて彼女を見ると、同様に真っ赤になっているが、口元が緩んでいて嬉しそうだ。

「へへっ、ありがとう」

「雫の会社、化粧品メーカーだもんね。どんどんおしゃれになっていくんだろうな」

「でも、透くんも今日はいつもと違うよ？」

「え？」

いつもと変わらないスーツだし、髪のセットも変えてないけど、と自分の格好を一通り確認してみる。

「違うよ、雰囲気。先週は疲れ切った顔だったのに、今日はなんだか堂々としてる」

「……やっぱり雫はすごいや」

仕事の悩みを彼女に言うなんてかっこ悪いと思って、雫の前では強がって大丈夫なフリをしていたけど、僕の心情は言葉にしなくても理解してくれている。

「透くん頑張ってるんだな、って思ってたよ。心配だったけど、もう大丈夫そうだね」

「うん。まだまだ失敗はするだろうけど、逃げたいとかそういう気持ちはなくなったよ」

「そっか、よかった」

「雫がいてくれるおかげだよ、いつもありがとう」

話していると、注文していた焼き鳥や卵焼きなどが次々運ばれてきた。さっとお皿と箸を僕の前に置いてくれる彼女はきっと職場でもすごく気が利いてうまくいっているんだろう。

「雫はどう？　仕事」

食事をお皿に取り分けながら聞く。

「……まだ大したことはしてないけど平気だよ」

一瞬のためらいが気になったけど、すぐにいつもの笑顔を向けてくれたから気のせいだろうか。その後はお互いの仕事の内容とか、先輩の話をして、気づいたらもう閉店時間になっていた。


「今日はここでいいよ」

店を出て雫のアパートの方に歩き始めようとしたところで、そう言われた。

「え？　でもこんな時間に一人は危ないよ」

「ちょっと寄りたいところがあるから」

「こんな時間に？」

「家に着いたらちゃんと連絡するから」

そう言って足早に暗い道を進んでいく彼女の背中を見送った。

（まあ、ここから五分くらいだし……）

僕も反対方向に歩き出したが、数歩進んだところで胸が少しざわざわする。お店で気になったほんの一瞬の雫の沈んだ表情を思い出し、慌てて雫のあとを追った。

「――雫！」

お店からほんの百メートルくらいしか離れていない真っ暗な細い路地で、彼女はしゃがみこんでいた。

「どうしたの？　雫？」

「……透くん、なんで？」

真っ青な顔で口元を押さえ、涙目の彼女が慌てた様子で僕の方を振り返る。

「体調、悪いの？」

「…………」

思い返すと先ほどのお店でも雫はあまり料理に手を付けていなかった。元々少食だからと気に留めていなかったけど、ずっと食欲がなかったのかもしれない。僕は自分のことで手いっぱいでいつも雫が本当につらい状況になってからでないと気づけない。それに僕と違って要領がいいから大丈夫だと思い込んでいたが、僕が弱いところを隠していたように雫も同じだったのかもしれない。

少し時間がたって彼女の様子が落ち着いたので、雫のアパートに一緒に帰る。いつものようにきれいに片付いていたけど、お茶を出そうと冷蔵庫を開けると調味料が少し入っているくらいで、ほとんど空っぽだった。料理好きの雫とは思えない光景に驚いて、その場に立ち尽くしていると雫が僕の背中に頭を寄せる。

「何か食べると気持ち悪くなるの……」

「いつから？　仕事……つらい？」

その問いには首を左右に振る。

「仕事は本当に平気なの。みんな優しいし、困っていることもないの」

「じゃあ……」

心当たりは、と言いかけて口をつぐむ。聞かなくてもいくつも思い浮かぶ。

「……昔からなの。何も問題はないのになんだかどうしようもない気持ちになるときがあって、そうなると食べ物を受け付けなくて」

「…………」

「でもいつもすぐ治るから大丈夫だよ」

僕に心配をかけまいとそう言うけど、その言葉に苦しくなる。彼女の境遇を考えるとそうなっても仕方なかったのかもしれない。祖父母の事件の取り調べで警察に呼ばれることもまだ続いているし、平穏とはほど遠い。優しさと笑顔の陰では、一人孤独や悲しみに耐え続けていたんだろう。少しずつ立ち直ってくれているなんて思っていた僕の考えは甘すぎた。一生戻ってくることのない雫の両親と祖父母への想い、そして未だ捕まらない犯人への恐怖もあるだろう。

（卒業式の日、坂口が雫のことをちゃんと見ておくようにと念を押したのは、このことだったのか……？）

その日は一晩中、雫を抱きしめて眠った。翌日は渋る彼女の手を無理やり引いて病院に連れていくと、やはり過去の出来事でのストレスが原因だろうということだった。日曜の夜になると少しだけ症状は和らいだようだけど、僕も雫も仕事があるから四六時中そばにいることはできない。翌週から僕は仕事のあとは毎晩雫のアパートに立ち寄って様子を見に行くことにした。

＊

仕事帰りに毎晩雫の家に寄るようになって三年がたつ。僕と雫のアパートは徒歩十分くらいと近いが、だんだんと任される仕事も多くなってきて、その数分の距離の行き来でさえも億劫になる日がある。そんなときは雫の言葉に甘えて泊めてもらい、今では一週間の半分は彼女の家で過ごすようになっていた。

今日は雫が社員旅行で不在にしているから、久しぶりに仕事が終わると会社からまっすぐ自宅に帰ってきた。部屋着に着替えて、途中のスーパーで買ってきた惣菜を電子レンジで温めながら、考えごとをしている。

（……やっぱり隼人に相談してみるか）

惣菜を温めていることなんてすっかり忘れて、スーツのポケットから携帯電話を取り出して、アドレス帳から隼人の名前を探す。

～～～～～～♪　～～～～～～～♪　～～～～～～～♪

（まだ仕事中かな？　先にメールすればよかったかも）

一度電話を切ろうと思ったところで、着信音が鳴りやみ隼人が出る。

「透、お疲れ。どうした？」

「あ、隼人お疲れ。急にごめん、今大丈夫だった？」

「早く帰ってちょうど暇してたとこ」

何か食べながらのようだ。まあ夕食時だしそれもそうか。

「あのさ、ちょっと相談があって……」

「雫ちゃんとうまくいってないとか？」

どう話したらいいか悩んでいる様子が深刻に聞こえたのか、予想外の返事をされて少し慌ててしまう。

「いや、そうじゃなくて」

「じゃあ何？」

はっきりしない僕をせかすように言う。

「この間メールしてたときに雫が体調をときどき崩すって話したと思うんだけど、今もあんまり調子がよくないみたいで心配でさ」

「うん」

「それでいつも仕事のあとは雫の様子を見に行っているんだけど、それでも僕がそばにいられないときもあるし、一緒に住むのはどうかなって。それで……結婚も考えているんだけど、どう思う？」

頻繁ではないけど、あれからも雫はときどき食事がのどを通らなかったり、無気力になったりすることがある。仕事には影響がないくらいだし、病院で精密検査をしてもらったけど、やはり精神的に不安定になることが原因としか言われない。それなら僕がそばで支えて、常に目の届くところにいてもらえれば安心できる。もう僕にとって雫はかけがえのない人だから絶対に失いたくない。ずっと一緒に笑っていたい。

「そんなの雫ちゃんが同意しないよ。俺も反対」

「——えっ、なんで？」

隼人の言葉に驚きが隠せない。相談とはいっても、どこかできっと隼人は賛成して背中を押してくれることを期待していたんだと思う。雫の反対はわからなくもないけど、隼人までどうして……。

「透はさ、雫ちゃんの家にわざわざ行くのが面倒だから一緒に住みたいの？」

「そうじゃないよ」

「じゃあ、雫ちゃんが倒れたときすぐに気づけるようにしたいの？」

冷たい口調で、淡々と隼人は続ける。

「そんなわけないだろ！」

「そう言っているのと同じだよ」

違う、そうじゃない。幼馴染でなんでもわかり合えていると思っていただけに、隼人の問いかけにショックを受ける気持ちと、伝わらない苛立ちが募る。

「——違う！　雫は僕にとって一番大切なんだ。そんな雫が倒れてしまうなんてそんなの考えたくもないよ！」

「…………」

「僕はただ、雫にはずっと笑っていてほしいだけなんだ。つらいときは支えたいってもちろん思うけど、それは僕も同じだし、雫のためじゃなくて僕が雫にそばにいてほしいんだ」

「……そっちが本心でしょ？」

「え？」

隼人の声は先ほどまでの突き放すような冷たい口調とは違う。

「透は本心を話すのが下手なんだよ。いつもは雫ちゃんが察してくれているからそれでいいかもしれないけどさ、大事なことはちゃんと言わないと伝わらないんだよ。心配だから一緒にいましょうじゃなくて、雫ちゃんが大切だから一緒にいたいんだろ？」

「……うん」

「それなら賛成」

「……隼人、ありがとう」

「親友だろ。当たり前だよ」


そのあと隼人から二人で住むならこんな部屋がいいとか、家事の役割分担はこうした方がいいとか、結婚式の友人代表は自分がやるからとか、そんな話をしてから電話を切った。

隼人の言う通り、僕は気持ちを伝えるのが本当に下手だ。恥ずかしいとためらってしまうこともあれば、相手がどんな気持ちになるだろうと考えすぎて言えないこともある。

(大事なことはちゃんと言わないと伝わらない、か)

携帯電話をぎゅっと胸に押し当てて、雫にきちんと思いを伝えようと誓った。

＊

仕事を早上がりして、まだ明るい街に出る。いつもより数時間早いだけで街の景色は違って見える。今日が僕にとって人生の一大イベントだからというのもあるかもしれない。

用事を済ませてデパートのトイレに駆け込み身だしなみをチェックする。

(……よし)

何度も段取りは確認したし、身だしなみも文句なし。深呼吸をしてみるが、それでも胸の高鳴りが収まらない。落ち着かないまま雫との待ち合わせ場所に向かい、十分ほど待ったところでこちらに小走りで駆け寄ってくる彼女の姿が見えた。

「ごめん、お待たせ」

「まだ時間前だよ。少し早いけど行こうか」

「え、透」

「いいから」

普段なら会社近くのこのあたりで待ち合わせをすることもなければ、こうして手をつないで歩くこともない。でも今日は特別な日だ。少し周りを気にした様子の彼女の手を引いて目的地に向かう。

いつも食事は近所の居酒屋かファミレスだったが、今日はこのあたりでは有名なホテルの最上階。『夜景の見えるレストラン』という特集でも紹介されていて、青木先輩イチオシの店だ。

「……こんなところ来たことないよ」

「僕も初めて。緊張するね」

かっこよくエスコート、という風にはいかず二人してこの場の雰囲気に圧倒されてしまっていたが、通された席が個室で僕と雫の二人きりになってやっと緊張の糸がほぐれる。

「こんな高そうなお店、どうしたの？」

「雫にいつもの感謝の気持ちを伝えたくて」

「感謝？」

「やっと自信を持って仕事にも向き合えるようになって、それは雫がいつもそばにいてくれて、支えてくれたからだなって。本当にありがとう」

思いもよらなかった言葉に、雫は目をまん丸にして驚いている。

「そんな、私こそだよ。透くんがそばにいてくれて、いつも私のことを気にしてくれて、ありがとうって思っているよ」

こんなにかしこまった場で、お互い改めて感謝の気持ちを伝え合うとこそばゆい気持ちになる。でも、今日はきちんと伝えるって決めたんだからと改めて決心し、呼吸を整え口を開く。

「雫、これからもずっと僕のそばにいてよ。同じ家で一緒に暮らして、僕と結婚してほしい」

胸ポケットに入れていた婚約指輪のケースを雫の前に差し出す。予行練習は完璧だったのに、いざ彼女を前にすると手が震えて全然格好がつかない。ぎゅっと目を瞑り、期待と不安が半々の気持ちで彼女の答えを待つ。

「…………」

「…………」

しばらく続く沈黙に不安の方が大きくなって、恐る恐る顔を上げる。

「……雫？」

「……透くん」

彼女の瞳には涙がにじんでいる。でも、嬉しいというより、怒っているとか困っているような表情で唇を噛みしめている。

「ご、ごめん。突然。急にこんな話困るよね、ごめん」

頭が真っ白になる。

「…………」

「本当にごめん」

雫を困らせたいんじゃない。喜んでもらいたかったんだ。もうどうしたらいいかわからず、うつむいてしまった彼女のことを見ていることしかできない。

「……違う」

「……え？」

急に彼女はぷっと吹き出し、涙をぼろぼろ流しながら笑い出す。何が何だかわからなくて僕はパニックだ。

「もう、こういうのは食事のあとに言うんだよ」

笑うのを我慢しているようだが耐えきれず、おなかを抱えて彼女は笑い続ける。

「まだ……乾杯もしてないのに」

「え、あ、そうだよね。いや、僕も本当はそうしようと思ってはいたんだけど……」

「透くんらしい。いきなりすぎて本当にびっくりしちゃったよ」

くすくすとおかしくてたまらないという様子で笑いながら涙をぬぐい、僕が指輪を持つ手を両手で包み込む。

「私が受け取ってもいいの？」

「――え！　受け取ってくれるの？」

思わず声を張り上げてしまう。そんな僕に彼女はいつもの優しい笑顔を向けて、大きく頷いてくれる。心が喜びで波打つ。

「私も……透くんと一緒にいたいです」

これまでに感じたことのない幸福に、抑えようとしても止まらない涙が次から次へとあふれ出す。

「僕、絶対に雫を幸せにするから」

雫の手のひらを引き寄せ、左手の薬指に指輪をはめる。ドラマのワンシーンのようですごく照れ臭いけど、その指輪を嬉しそうに見つめる彼女を見て幸福感を感じる。

すると拍手の音が聞こえ、二人で慌てて扉の方を向くと、ドリンクメニューを持った店員さんが立っていた。僕たちの会話が聞こえて、入るに入れなかったんだろう。

「──す、すみません。お待たせしましたよね」

「いえ、おめでとうございます」

申し訳なさと、恥ずかしさと、それと嬉しさ。いろんな気持ちで胸がいっぱいで、そのあとの料理の味はほとんどわからなかったけど、今日この日のことは一生胸に残り続けるだろう。

僕と雫は婚約者になった。

第八章 「雫の日記」

あれから何時間がたっただろう。一度眠りたい、そう思っても病院での記憶が繰り返しフラッシュバックして、目を瞑ることが怖い。涙が枯れるなんてこともなく、とめどなくあふれて止まらない。何度隣に手を伸ばしても、その手を握り返してくれる彼女はもういない。そのたびに彼女はこの世からいなくなってしまったということを実感して、悲しくて、苦しくて、胸が張り裂けそうになる。

何度も鳴り続けていた携帯電話の着信にも応えられていない。

(会社に連絡をしないと……きっとみんなに迷惑をかけている……)

重く押さえつけられたような倦怠感を感じながらも布団から出ると、カーテンの隙間から入る日差しはまだ痛いくらいにまぶしい。鉛のように重たい体を無理やり起こして携帯の着信表示を見ると、会社から十数件、そしてその少しあとの時間に両親からも何件も電話がかかってきている。時間になっても出社せず連絡も取れない僕を心配して、家族に連絡をしてくれたんだということがわかる。

しゃで自分でもわからない。

「……ごめん……なさい」

ぽつりと口からこぼれ出る。会社に迷惑をかけていることに対してなのか、心配をかけている両親への言葉なのか、それとも昨晩の雫への謝罪なのか……。頭の中がぐしゃぐしゃで自分でもわからない。

そのとき、玄関のチャイムが静まり返った部屋に鳴り響く。

（……出られない……誰か……）

助けて、と悲痛な心の叫びが伝わったのだろうか。

「――黒田！　いるか？」

「透さん！　無事ですよね？」

ドンドン、と激しく玄関のドアをたたく音と僕を呼ぶ声。それは先輩の青木さんと後輩の坂口のものだった。

（――助けて）

叫びたいのに、声にならない。

「おい、開いているぞ。おーい、入るからな！」

「え、不用心ですね……失礼します！」

ガチャという音がするやいなや、足音が近づいてくる。

「──黒田！　どうしたんだよ、連絡もよこさないで」

「透さん、心配しましたよ！」

二人は僕の無事を確認して安堵している。

「黒田の実家にも連絡したけど、ずっとつながらないって両親も心配してたぞ」

「もう、死んだんじゃないかって思いましたよ」

うなだれる僕のそばに二人は駆け寄る。

「…………死にました」

「ん？」

「透さん、何言って……」

僕の顔を覗き込んで二人は黙り込む。僕はそんなにひどい顔をしているんだろうか。先ほどまでの安堵の雰囲気が消え去り、息さえも聞こえてくるようなそんな張り詰めた空気が沈黙をより深刻にする。

「……死んだんです」

『…………』

「……いないんです……雫はもう」

「……雫?」

「――え? あ、雫さんっていうのは透さんの婚約者のことで。死んだって……」

「病院で……もう動かなくて……」

『…………』

「僕は……そばにいられなかった……」


頭が全く働かなくて、伝えなきゃと思ってもつたない言葉しか出てこない。それでも二人は必死にその言葉を拾い集めて昨晩の出来事を理解してくれて、僕に代わって会社や両親にも連絡を入れてくれた。

「黒田、会社のことは気にしなくていいからまずは休め。俺は一度会社に戻るけど、困ったことがあったら遠慮なく連絡しろよ」

きっと僕が今日やるはずだった仕事や、その後の対応をしなければいけないんだと思う。先輩には助けてもらってばかりなのに、また迷惑をかけてしまった。

「……すみません」

「……すみませんじゃなくて、ありがとう。って、前にも言わなかった?」

労わるような、温かいまなざしを向けられて、また目の奥が熱くなる。

「ありがとう……ございます」

「また来るから、まずは体を休めるんだぞ」

「はい」

何度も僕の方を心配そうに振り返ってから、先輩は部屋をあとにする。

「坂口も、ごめんな。来てくれてありがとう」

「――当たり前じゃないですか！　それよりも……雪野先輩が……」

坂口も目に涙をいっぱいに浮かべている。唇を噛みしめて、その表情は悲しみよりも後悔といった感じで、爪が手のひらに食い込むほど強くこぶしを握り締めている。

「俺……大学のころから雪野先輩が何か隠しているような、思い詰めているような気がしていたんですけど、確信が持てなくて……。もっときちんと透さんに伝えていたらこんなことにはならなかったんじゃ……」

握り締めたこぶしで床を強く殴りつける。

「違うよ……それは違う」

過去に坂口から雫のことをよく見ておくようにと忠告されたことを思い出す。しかし、雫に限って公衆の面前で自ら命を断つなんて道を選ぶことはないと思う。ましてや結婚式を間近に控えたこのタイミングでそんなことをするはずなんてないと信じたい。やっぱり犯人は雫の祖父母を殺害した犯人だったのだろうか。いや、人通りの多い場所だったから無差別だったのかもしれない。昨日の今日で何が真実かはわからないが、坂口のせいじゃない、それだけはしっかりと伝えたくて坂口の目をまっすぐに見る。

「坂口は悪くない。雫は誰かに刺されたんだ。坂口が想像していることとはきっと違う」

「……通り魔……とか？」

わからない、と小さく首を振る。考えれば考えるほど、雫の命を奪った犯人への憎しみで心が支配されて、それが苦しくて、悔しくて、気持ちのやり場がわからなくなる。無意識に唇から血がにじむほど強く噛みしめていたようで、坂口がそっとハンカチを差し出してくれる。

「俺にできることはなんでも言ってください。透さんにはいつも助けられてばかりで、俺も何か力になりたいんです」

一時間ほどして僕の両親が駆け付けてくれるまで、坂口は黙って僕の隣にいてくれた。両親は僕にしばらく実家に戻るように言ってくれたけど、雫と一緒に過ごしたこの部屋を離れることは考えられなくて、ここに残ることを伝えた。

身寄りのない雫の通夜や葬儀の手配、会社での手続きなどは両親が対応してくれると言っていたが、昨日までいつもと変わらず僕と一緒にいた雫の死後の対応というのが現実のものだと理解ができなくて、ぼーっとする頭で話が進んでいくのを聞き流すことしかできなかった。

＊

両親が自宅に戻って一人きりになると、どうしようもない孤独感に襲われる。この部屋は彼女が確かにここにいたんだというぬくもりで満たされているのに、肝心の彼女だけが足りない。このカーテンだって、食器やスプーン一つとっても、二人でこれからの幸せな生活を思い描いて一つ一つ時間をかけて選び抜いたものだ。どこを見渡しても彼女との思い出がよみがえって胸が締め付けられる。一人には広すぎる部屋をゆっくりと歩きながら、彼女との思い出を振り返る。

（あ……この箱）

この部屋でたった一つだけ、僕の立ち入れなかった領域。まだ築三年ほどのこの新しいアパートでは少しだけ浮いて見えるアンティーク調で汚れと傷が目立つ鍵のかかった木箱。

雫が幼稚園のときに亡くなったお母さんの形見だといって大事にしているもので、火事に遭ったときも唯一抱えて持ち出したものだと聞いている。以前何を入れているか聞いたことがあったけど、「秘密」と教えてくれなくて、僕も雫の大切な思い出には触れてはいけないような気がして、それ以上は聞かなかった。

(――もしかして)

昨晩、自宅に戻るときに警察から手渡された雫の携帯にはキーホルダーのように小さな鍵が付いていたことを思い出す。これまであまり気にしたことはなかったが、思い返すとずっと昔から雫の携帯に付いていたような気がする。ベッドわきのローテーブルに置いた彼女の携帯を手に取ると、そこに付けられた鍵は木箱のデザインに合うアンティーク調のデザインだった。

(……雫、怒るかな?)

少々ためらいながらも、箱の鍵穴にそっと差し込むと、カチャッと鍵が回った。恐る恐る蓋を開けると、ふわりと古い紙のにおいがする。中には文庫本ほどのサイズの小さなノートが数冊入っていて、角が折れて年季の入ったものから真新しいものまである。どのノートにも左上に小さな文字で『Diary』と書かれていて、雫が書きためた日記だということがわかる。

一番下に仕舞われていた特に汚れの目立つノートを一ページめくると、少し丸っぽい子供のような字だけど、丁寧に書かれていて、まぎれもなく幼い日の雫がこのノートに向かっていたことが想像できる。

『三月三十一日　天気は晴れ。

明日から中学生になります。お父さんに頼まれて、一日早いけど制服を着てみました。なんだか恥ずかしかったけど、お父さんはすごく喜んでくれていたし、私もちょっとだけ大人になったような気持ちになって、明日からの学校生活が楽しみになりました。

仲のよかった子はみんな違う学校に行ってしまうから寂しいけど、新しいお友達がすぐにできるといいな。

天国のお母さん、私のことを見守っていてください』

僕と雫が出会う一日前。

＊

『四月一日　天気は晴れ。

今日は入学式でした。お父さんはお仕事で来られないって言って残念そうにしていたけど、代わりに隣町からおじいちゃんとおばあちゃんが来てくれたんだ。

私は一年三組で担任は石川早紀先生。先生はすごく優しそうな人で安心したけど、クラスには一人も知っている子がいなくて不安でいっぱい。周りのみんなは小学校のときの友達と一緒に話していてちょっとうらやましい。

結局誰にも話しかけられなくて、私も早くみんなと仲よくなりたいなって思いながら帰り道を歩いていたら、右隣の席の佐竹隼人くんとその隣の黒田透くんが通りがかって、座席表で覚えた名前で呼んでみたらちょっとびっくりされちゃったけど、二人ともすごく優しそう。私とも仲よくしてくれるって言ってくれて、すごく嬉しかったな。

明日学校に行くのが少し楽しみになりました』

『四月八日　天気は曇りときどき晴れ。

今日はクラス委員を決めることになった。委員長は佐竹くんに無理やり押し付けられた黒田くんになって本人は嫌そうだったけど、ぴったりだと思う。副委員長はその佐竹くん。体育祭委員も文化祭委員も仲よしグループで決まってなんだか楽しそう。

書記を立候補する人が誰もいなくて、黒田くんがすごく困っていたから、勇気を出して手を挙げてみた。みんなに注目されることなんて今までなかったから緊張しちゃったけど、私でも役に立てたことが嬉しかった。黒田くんも佐竹くんも「ありがとう」って言ってくれて、勇気を出して本当によかった。

クラス委員が全部決まって席に戻る途中で、この間お友達になった川村さんは私の字がきれいだったと言ってくれた。

なんだか今日はすごくいい日。帰宅してお父さんにも今日の話をしたら、「雫がクラス委員に立候補したなんて誇らしいよ」と言ってくれた。明日もいい日になるといいな』

懐かしい日の思い出に、口元が少し緩む。

（そういえば、こんなこともあったな）

雫がその当時何を思っていたのか、そして家族や別の友達といるときにどんな風に過ごしていたのかが記されていて、彼女のことを今になってより深く知れたような気がした。

そして何よりも、彼女の日記に何度も僕の名前が出てくることが嬉しい。

ついつい夢中になって読み進める。


『八月二十三日　天気は晴れ。

夏休みが明けてもまだすっごく暑い。放課後の図書室はクーラーが効いて涼しいし、端っこの席は静かで集中できるからお気に入りの場所。

前回のテストでも数学の点数が一番悪かったから参考書を見ながら問題を解いていたけどやっぱりわからなくて、最近図書室に通っているクラスの男子たちに思いきって聞きに行ってみたら、黒田くんがすごくわかりやすく教えてくれた。佐竹くんも頑張って解こうとしてくれて、やっぱりこの二人は優しいな。

男子ってちょっと乱暴でいつも大声で騒いでいるから怖かったけど、なんだかみんな思っていたイメージと違うみたい。これからいろいろな行事でクラス委員が集まることが多いみたいだから、もっと仲よくなれるといいな』

そのあとに続く課外活動や合唱コンクールの思い出。どれも懐かしく、その当時の記憶が少しずつ鮮明になってくる。僕にとって大切な思い出は、雫にとっても幸せな時間として記されていて、一緒に刻んできた時間はどれもかけがえのないものだ。

（あ……この日は……）

『九月三日　曇りのち晴れ。
今朝のホームルームで、授業参観があることを知らされた。授業参観は小学校のときから大嫌い。みんな授業が終わるとお母さんの元に駆け寄って、「頑張ったね」「偉かったね」って言われているのがうらやましくて、そのたび一人でトイレに行って泣いていた。誰も私のことを見てくれない孤独な日。

中学生になって私ももう子供じゃないって思ったし、仕事で親が来られない人もいるのはわかっているけど、やっぱり私にとっては嫌な記憶しかないから、今年も悲しくなってしまった。

黒田くんに泣いているのを見られてしまってすごく恥ずかしかったけど、でも私を心配してくれて、わざわざ声をかけてくれてすごく嬉しかった。今まで家族のこと話すとみんなそのときは「可哀そう」って言って同情してくれるけど、結局すぐに興味をなくして他人事で、それが伝わってくると余計に苦しくなるから言わないようにしていた。

でも、なんだか黒田くんなら真剣に聞いてくれるような気がして自然に話すことができた。そして本当に私の気持ちを理解してくれて、泣いてくれて、その気持ちが温かくて嬉しかった。

今年の授業参観も多分誰も来てくれないけど、去年までとは違う少しだけ前向きな気持ちでその日を迎えられそうな気がする。

黒田くん、ありがとう』

『九月九日　晴れ。

今日は授業参観だった。いつも通りに学校に行ったけど、やっぱり時間になってみんなのご家族が教室に入ってくると、寂しい気持ちでいっぱいになって、授業が早く終わればいいのにと願っていた。

そんなとき、佐竹くんと黒田くんの会話が聞こえてきて、いつもだったら来るはずの黒田くんのお母さんが来ていないことを知った。急に用事で来られなくなったって言っていたのに、作文では前々からお母さんが来ないことを知っていたような内容で、私に気を遣ってくれたことがわかって、申し訳ない気持ちになったけど、「僕も一緒だよ、仲間だよ」って伝えてくれているような気がした。

お母さんがいなくなった日のことを思い出してしまうから「感謝」をテーマにして書いた作文を読むのはすごく気が重かったけど、黒田くんのおかげで気持ちを落ち着けて読むことができたよ。ありがとう。

授業が終わったら捨ててしまおうと思っていた原稿用紙だったけど、お父さんに渡すこともできた』

ありがとう、と僕への感謝の気持ちが綴られているのを見て、目の奥が少し熱くなってくる。当時の僕は本当に不器用で、彼女のためを思っても逆に迷惑をかけてしまっていたのではないかと思うことばっかりだったけど、少しでも彼女の支えになれていたのであれば、当時の僕も報われる。

(雫、ありがとうを伝えたいのは僕の方だよ)

*

冷たい風に少し身を震わせる。開けっ放しにしていた窓を閉めようと立ち上がると、外は真っ暗になっていた。両親が帰ったときはまだ夕暮時だったから、結構長い時間この日記に読みふけっていたようだ。

そのとき、強い風が吹いてきて、テーブルに置いた読みかけのページがパラパラとめくられる。

(…………これは)

窓を閉めに行こうとしていた足を止めたのは、一言だけ書かれた弱々しい文字。

『ごめんなさい』

これまで律儀に書かれていた日付も天気もない。でもその理由は前のページを見てはっとする。

（この日付って……）

前日は何気ない休み時間の話だとか、僕と拓也と図書室で進路の話をしたことが書かれている。これは中学三年生の冬、雫の家が火事になる前の出来事だ。雫は寝ているお父さんを残して自分だけ逃げてしまったことをずっと後悔していた。この『ごめんなさい』の一言からも、その悲痛な思いがわかる。

再びページをめくると、謝罪の言葉が書き連ねられている。

『ごめんなさい』

『私のせいで、お父さんまでいなくなってしまった。ごめんなさい』

『おじいちゃんにも、おばあちゃんにも怖くて本当のことが言えない。苦しい』

『あの日、お父さんは深夜に帰ってきて、そのままソファーで眠ってしまった。起きたらおなかがすいているかなと思って、コンロでスープを温めていたら、私はそのことを忘れて部屋に戻ってしまった。思い出したときには、部屋中の煙で息が苦しくて、真っ赤な炎に足がすくんで、キッチンのすぐ隣にいたお父さんの元に行けなかった。恐怖で声も出なくて、私だけ外に逃げてしまった。ごめんなさい。ごめんなさい。ごめんなさい』

『お父さん、苦しかったよね。ごめんなさい。全部私のせい』

筆圧の感じられない弱々しい文字は、ところどころ文字が滲んでいる。きっと泣きながら書いていたんだろう。

あのときの火事は、雫の不注意が原因だった。その重すぎる後悔と罪悪感をたった十五歳の少女が誰にも言えずに一人で抱え込んでいたなんて、残酷すぎる。雫が抱えていた罪の意識は、僕の想像の何倍も、何十倍も重く深いもので、想像もつかないほどのものだったことを改めて知る。

そのあとのページは破られた形跡がある。ここで一冊目のノートが終わり、二冊目のノートに僕は手を伸ばした。

『一月十二日　天気は雪。

落ち着かないまま年が明けた。今日からみんなは新学期。

寂しい。つらい。おじいちゃんとおばあちゃんにそう話すと、学校のある街に引っ越して、仲のいいみんなと一緒に卒業式に出ることを提案してくれた。引っ越し先もすぐに決まって、来週にはまた学校に行ける。みんなに会える。

でも、私が学校に行ったらみんなどんな反応をするんだろう。もう一か月以上もたつから、私のことなんて気にも留めてないんじゃないかな。もう忘れちゃったかな。

お母さんがいなくなったときも、みんな最初は心配してくれていたのに、そのうちすぐに忘れてしまう。お母さんがいないという事実は変わらないのに、誰も私のことなんて気にしてくれない。またそんな孤独感を感じるのは怖い。

おじいちゃんとおばあちゃんは、私の心が落ち着いてからで無理をしなくていいよって言ってくれたから、中学校からまたやり直せばいいかな。

そんな風に思っていたら、黒田くんが電話をくれた。みんなも私のことをずっと心配してくれているって教えてくれた。それに、「雪野さんは悪くない」って言ってくれた。それがすごく嬉しかった。さっきまでの不安な気持ちが嘘みたいになくなって、電話のあとは心が軽くなった。早く学校に行ってみんなと会いたいな』

『一月十二日　天気は晴れ。

引っ越しがやっと終わって、今日は久しぶりの学校に行ってきた。やっぱり、教室に向かうのは緊張する。校門の前で少しためらっていたら、黒田くんが声をかけてくれた。昨日の電話のあとでちょっと恥ずかしかったけど、一緒にいると安心する。

教室の近くまで行くと佐竹くんもすごく心配してくれたし、クラスのみんなも集まってきてくれて、私はここにいていいんだ、みんな私のことを必要としてくれていたんだって、胸の奥が熱くなってみんなの前で泣いてしまいそうだった。
おじいちゃん、おばあちゃん、この一か月以上もの間、心配ばかりかけてごめんなさい。私のことを大切に想ってくれてありがとう。私はやっぱりみんなと一緒に卒業できるのが嬉しいです。ずっと苦しかったけど、今日やっと心から笑えた気がする。そして天国のお母さん、お父さん。私の周りには優しい人ばかりです。だから安心してください』

しっかりと、雫らしいきれいな字で書かれたこの二日間の日記を見て、少しだけほっとする。あの年の二学期の終わりから冬休みが明けるまで、雫がどんな気持ちで過ごしてきたのか当時は知るすべがなくて、日記も破いて消し去ってしまうほどに壮絶だったに違いない。

あのとき悩みながらも雫に電話をしなければ、もしかしたら卒業まで会うこともなく、その後の高校、大学で一緒に過ごすこともなかったのかもしれない。もしそうであれば、きっと僕は雫の彼氏になることはなかったし、こんなにも人を愛しいと思う気持ちを知ることもなかったかもしれない。

あの日の出来事が、僕の振り絞る勇気が、その先の僕たちの関係に結び付いていたのかもしれない。

＊

もう夜もだいぶ更けてきた。だけどページをめくる手を止めることなく、僕は雫の歩んできた人生を文字で追っていた。こうして彼女の過去に触れることで、彼女がいなくなってしまったという事実から目を背けたかったのかもしれない。

高校生になってからの日記には、僕と隼人の名前が出てくることがこれまでより多くなって、少しずつ距離が縮んできていることがわかる。

（……ん？）

少し気になるページを見つけた。

『佐竹くんのことは信じていたのに、私のことなんて何にもわかっていない。中学生のころからずっと私のことを大切に想ってくれていて、佐竹くんならきっと、って思っていたのに』

（……あの日……か）

雫にしては珍しく、怒りの気持ちが伝わってくるような殴り書きだ。隼人が雫に告白して、そのあとに傷つける言葉を言ってしまったと話していた日だ。

（雫、隼人の気持ちに気づいていたんだ）

隼人にとっては無意識に口から出てしまった言葉、でもその一言でさえ雫を苦しめてしまうほどに、雫の心には深い傷が残っている。隼人と一緒に雫に謝りに行った日のことが気になって、ページをめくって探す。

『十月二十九日　天気は晴れ。

ずっと顔を合わせるのが気まずかった佐竹くんが、黒田くんと一緒に私のところに来てくれた。あの日から、ずっとずっと気にしていてくれたんだ。

私の気持ちが佐竹くんに伝わるわけがないなんて思ったけど、これまでずっとそばで支えてくれた大切なお友達。数日ぶりに顔を合わせて、そのことにやっと気づくことができた。私の味方だよって、言葉が嬉しかった。

大切なお友達を失くしてしまわなくて本当によかった』

僕たちが雫を大切に想うように、雫もそう思ってくれていた。あのあともしばらく気にしていた隼人がこれを読んだらきっと喜ぶだろうな。

コーヒーを淹れて、再び続きを読み始めようとノートを開くと、高校三年生のときのオープンキャンパスに雫が誘ってくれた日のことが書かれているページだった。


『九月十五日　天気は曇りときどき晴れ。

今日の放課後、佐竹くんから私の志望している大学でオープンキャンパスがあることを教えてもらった。まだ進路を悩んでいる黒田くんを誘っていってきなよって、黒田くんのいる情報室の前まで連れていかれた。きっと佐竹くんは気づいているんだ。

男の子を休日の予定に誘うなんて初めてだったから緊張しちゃったけど、一緒に行こうって言ってくれた。すっごく嬉しい。

私は、やっぱり黒田くんのことが好きなんだな。一緒の大学に行きたいな』

口元に運んだカップを落としてしまいそうになるほどに嬉しさを隠せず動揺する。

（雫……このころから僕のこと……）


確かこの少し前、隼人が雫のことを諦めるって僕に言いに来たんだっけ。雫の気持ちに気づいて、だからオープンキャンパスも僕と二人で行くように勧めてくれたんだ。

初めて二人で出かけたオープンキャンパス、図書室で勉強の息抜きにしたたわいのない会話、大学入学を機にイメチェンしたときの気恥ずかしさ、屋上で一緒に過ごしたお昼どき、文化祭での思い出。

何年もたっているのに、日記を読んでいると昨日のことのように僕の記憶もよみがえってきて、どれも楽しくて、毎日笑っていて、そして僕の隣にはいつも雫がいたし、同じように雫の隣には僕がいた。そしてそれが当たり前になって、お互いの気持ちを確かめ合った日から、より特別な関係になったんだ。

第九章 「スノードロップ」

雫と過ごした日々がどんどん鮮明に思い出されて涙が止まらない。中学一年生のときに出会ってから、十四年間もの長い時間、僕と雫はずっと一緒に時間を刻んできた。クラスメイトの一人から友達になり、恋人になり、婚約者になり……もうすぐ家族として新しい人生を歩んでいくはずだった。

――黒田くん。

――透くん。

振り返れば、聞き慣れた優しい声で、微笑む彼女が僕の名前を呼んでくれるような気がしてならない。ぐずぐずになった鼻をすすり、涙をぬぐう。

そのとき、フワッと懐かしい香りが漂ってくる。開けっ放しの窓から入る風に乗ってくるその香りは、この家に雫と住んでから毎日感じていたもの。雫が窓際のデスクに植木鉢を置いて大切に育てていた花。水仙のような、凛と澄んだ香りがする。細く華奢な茎に一輪下向きの白い花を咲かせるスノードロップ。雫のお気に入りの花だ。

『この花は、私と透くんにぴったりなの』

『僕にも？　スノードロップなら直訳すると「雪の雫」で雫にぴったりじゃない』

『うん。それもあるんだけど、このスノードロップの花言葉はね、「逆境の希望」なんだって。私の不遇や逆境から救ってくれるのはいつも透くんだから。透くんは私にとっての希望なの』

『雫と、僕の花。素敵だね』

『ふふっ、そうでしょ』

逆境の希望が僕という存在、雫はそう言ってくれた。僕にとっての希望は雫の方だ。困ったとき、つらいとき、いつだって真っ先に手を差し伸べてくれて、太陽のような笑顔を向けてくれて、僕はそんな雫が大好きだった。今だって手が届く場所にいてくれるのなら抱き締めたくてたまらない。

二冊目、三冊目と読み進めるうちに僕と雫の距離は徐々に近づいて、恋人同士になって、幸せな毎日が綴られていた。

でも、四冊目は違った。これまでの日記は古くはなっているものの、どれも几帳面な彼女の性格を表しているように、どのページもきれいな状態だった。それなのに、この一冊だけ、ぐしゃぐしゃとしわになったページや、乱雑に破いた形跡がいたるところに残されている。

心がざわざわと嫌な予感がする。大学四年生の冬、あの痛々しい事件当時の記憶が思い起こされる。ノートのしわを丁寧に伸ばしながら、恐る恐る一ページ目を開いてみた。

＊

『悲しい。つらい。涙が止まらない。

私はもう心配ないんだって。内定も出て立派に大人になったから、おじいちゃんもおばあちゃんも私のことはもう気にかけてくれないんだね。お父さんもお母さんも、天国で安心しているだろうって。

そんな寂しいこと言わないでよ。私は全然大丈夫じゃないよ』

『今日大学に行って教授に内定を伝えたら、「雪野なら大丈夫だって心配していなかったぞ」だって。なんで？　どうして？

私は全然大丈夫じゃないよ。いつだって不安でいっぱいだし、どうしようもなく苦しい気持ちになって眠れない日だってあるのに。誰か気づいてよ』

『透くんも忙しそう。仕方ないよね、透くんは人気者だから友達からも後輩からも頼られているし、私だけにかまっていられないよね』

『みんなといてもなんだか一人ぼっちな気がする。ううん、むしろみんなといる方が寂しい気持ちを強く感じてしまう』

『お母さんが死んだとか、お父さんが死んだとか、可哀そうな私じゃないとみんなは気にしてくれないの？』

『つらい。つらい。つらい』

綴られているのは、雫の孤独感と悲痛な心の叫びだった。一緒にいるときはいつもと変わらずに笑顔でいてくれたから、当時の僕は何も気づいてあげられなかった。ところどころ黒く塗りつぶされているが、目を凝らすと「嫌だ」「怖い」「助けて」と書かれているのが読み取れた。そしてその次のページを開くと、これまでの弱々しい文字とは違い、はっきりと大きく一言書かれている。

『決めた』

この意味を知ったのは、その次のページをめくったときだった。

＊

『二月二十三日　天気は雨。
緊張と興奮で体中が震えてしまう。でも、無事に明日を迎えられたら私は幸せになれるから絶対に失敗はできない。この寂しさとつらい気持ちから解放されるのなら、私はもう何だってできる。

日中はおじいちゃんとおばあちゃんと仲よく三人で商店街に行ってきたし、ご近所の方も私たちの仲はよく知っているから私を怪しむ人は誰もいない。透くんともさっきまで電話でいつも通りに今日あった出来事とか会社から出された課題の話をしたから疑われることは絶対にない。

一階のリビングと寝室の窓はいつも通り鍵が開いている。外に出たときも真っ暗だったし誰にも見られていない。タオル越しで柄に直接は触れていないから私の指紋は付いていない。おじいちゃんはたくさんお酒を飲んでいたし、おばあちゃんはいつものように薬を飲んだのを確認したから起きてこない。大丈夫。絶対大丈夫。

足跡が消えたと言い訳できる雨の日は今日しかない。次まで待っていられないからやるしかない』

『手の震えが止まらない。体に刃が刺さったときの嫌な感触が消えない。でも、私の手にも服にも血は付いていない。絶対にばれない。大丈夫。証拠はこの日記だけ。この日記さえ見つからなければ大丈夫』

――嘘……だろ。

書かれていることが信じられなくて何度も何度もこの日の日記を読み返す。でも、確かめるほどに、まぎれもなく彼女の書いた字だということをはっきりと思い知らせるように僕の心に重くのしかかってくる。

鍵が開いていたことも、凶器にはおばあちゃんの指紋しか残っていなかったことも、雨で犯人の足跡が消えてしまったのだろうということも全部、事件以降に警察が捜査してわかったことで、僕たちには事件から数日たってから知らされたことだ。それを事前に知っているのは犯人以外にいるはずもない。つまり、この日記が本当に事件の前日に書かれたものならば、雫が祖父母を手にかけたというまぎれもない証拠なのだ。

――嘘だって、違うって、否定してくれよ……雫。

――信じられない。信じたくない。

雫じゃない、そう信じたくて、そう信じなければ自分が今まで見てきた彼女が本当に消えてしまうようで、必死にページをめくる。でも、事件以降のページは真っ白で何も記されていない。

残された日記はあと一冊。

第十章　「三日前の真実」

一人きりで静まり返った部屋。異常に早く脈打つ僕の心臓の音だけが頭の中に響き渡る。最後の一冊を読むのが怖い。手が震えてしまう。

雫のことは僕が一番理解していると思っていた。誰よりもそばにいて、彼女の気持ちに寄り添ってきたと思っていた。でも、明らかになっていく雫の抱えていた思いや目を疑いたくなるような彼女の祖父母の死の真相を知って頭が真っ白になる。

あの日、僕が駆け付けたとき、ブルーシートと立入禁止の規制テープで囲われた自宅の前で立ちすくんでいた雫は何を思っていたの？

震えながら僕と僕の両親の前で涙を流していた雫は何を思っていたの？

僕の知っている雫は、いつも優しくて、温かく微笑んでいて、家族や友達、関わるすべての人に愛情を注げる人だ。その彼女が自分の手で人を殺すなんてできるはずもないし、そんな想像だってしたくない。それなのに否定の言葉はどこにも見つからない。

彼女が幼いころに母を亡くしてからずっと寂しさを感じていたことは知っている。父と火事に巻き込まれてから消えない恐怖を感じていたことも理解している。でも、その寂しさや恐怖は肉親を亡くしてしまったことに対してではなかったというのか？

僕は彼女が悲しみの淵に沈んだとき、平穏を取り戻すことで幸せをもたらすことができると思っていた。少しでもつらい過去を忘れられるような楽しい日々を送ることが正しいと信じていた。でも、雫が望んでいたのは平穏ではなくて、不遇な過去をいつまでも「可哀そう」と哀れんで、同情され続けることだったというのか？

（僕は……間違っていた……のか？）

雪野雫という最愛の彼女のことがわからなくなる。これまで僕がよかれと思ってしてきたことは、逆に彼女に孤独を感じさせ、苦しめていたというのか？

――唯一の身内であった祖父母を自らの手で殺害してしまうまでに……。

（……僕の……せいなのか……？）

考えれば考えるほどに思考の糸は絡み合って、身動きが取れなくなってしまう。わからない。頭の中を整理しようと思っても、いろんな感情が散らばって吐き気がするほどにぐるぐると渦巻いてしまう。

――もしかして。

混乱の中で一つだけ思い浮かんだのは、彼女の死の理由。もしかしたら最後に一冊残された一番きれいな状態の四冊目に、何か手がかりが残されているかもしれない。

雫は人当たりがよく要領もよかったから、社会人になってからは仕事が原因で悩んでいる様子はなかった。それなのに、食事がとれなくて倒れてしまうほどにストレスを抱えていた。それは祖父母が殺害された事件の前と同じように平穏な日常に対して孤独を感じて追い詰められてしまっていたからなのかもしれない。

――もしかして、自ら命を絶ってしまった？

――坂口が気にしていたのはこのことだったのか？

孤独から逃れ苦痛から解放されるため。そして父が亡くなってしまった火事の原因が自分だったこと、祖父母を自らの手にかけてしまったことへの自責の念もあったのではないだろうか。

四冊目の日記を手に取り、昨日の日付を探す。

(………あった)

『六月十八日　天気は雨』

ドクン、と心臓が大きく脈打つ。六月十八日、それは彼女が亡くなる前日の日付だ。真実を知るのが怖いという気持ち、彼女の死の真相を知りたいと相対する気持ち。葛藤の中、僕が選んだのは真相を知るために彼女の最期の日記を読むことだった。

＊

『六月十八日　天気は雨。

結婚式まであと四日。

この数日、透くんと出会った日からのことを思い出していた。

中学一年生のときに出会って、クラス委員で一緒にいることが少しずつ多くなって、テスト前は図書室でわからない問題を教えてもらったりして、授業参観のときはお母さんがいなくて泣いていた私を心配して透くんはお母さんに授業参観のことを黙っていたんだっけ。体育祭や文化祭、行事があるたびに私たちの距離は少しずつだけど近づいていったんだよね。クラスメイトの一人から、お友達になって、私の家が火事になったときに先生のほかに唯一心配して電話をくれたのが透くん。あのときは本当に嬉しかった。

同じ高校に入ってクラスも一緒で、たわいのない話を自然にできるようになって、私が困っているときはいつだって手を差し伸べてくれたし、私も透くんの幸せを願うようになって、このころにはお友達から特別な存在になっていたんだと思う。初めて二人で出かけたオープンキャンパスは緊張して何を話したか覚えていないのが残念。

　大学生になってからは、学部は違うけどほとんど毎日顔を合わせるようになって、一緒に屋上でお昼ご飯を食べたりして、隣にいてくれるのが当たり前になっていたよね。そのままの私を好きだと言ってくれて、涙が出そうになるくらい嬉しかった。透くんの前では涙を見せたり、弱音を吐いたり、ちょっとだけ怒った姿も見せたこともあったけど、それでもそんな私を認めてくれるんだって。これから先何があっても透くんは私のことを理解してくれるんだって思えて、透くんと一緒にいることで安心できたんだよ。

　社会人になってからはお互い忙しくて会えない日もあったけど、私がつらいときには忙しいのに毎日会いに来てくれて、透くんはいつだって優しい。

　すごく頼りがいがあって、自分よりも周りの人のことを考えることができて、いつも一生懸命な透くんには誰よりも幸せになってほしい。結婚しようって言ってくれたときは私もすごく幸せでいっぱいだったよ。


　でも、あれから半年間ずっと私と透くんの幸せについて考えていた。あの日、大学四年生の大晦日に一緒に神社にいってお参りしたときから私の願いはずっと変わっていなくて、だから二人が幸せになるためには終わらせるしかないって結論に至ったの。だって、私の願いは「私も透くんも幸せでありますように」っていうことだから。透くんは私と一緒にいたら幸せにはなれない。私にとってみんなが望むような平穏は苦痛でしかない。苦しくて、悲しくて、寂しくて、毎日平穏に過ぎ去る日常では私の存在は必要ないんじゃないかって孤独感に襲われてしまう。一緒にいると二人とも不幸になってしまうから、幸せになるためにはこうするしかないの。

だから、透くんには私のお気に入りの花を贈ります。

スノードロップ、私の大好きな花。花言葉は「逆境の希望」。私と透くんにぴったりの花だって話した日のこと、透くんは覚えているかな。でもね、この花にはもう一つ意味があるの。

「あなたの死を望みます」

私のために死んでください。それが透くんにとっても幸せなことだから。透くんもきっと私の幸せを願ってくれていたよね。

今までありがとう。そして、さようなら。大好きだよ、透くん』

パタン、とノートを閉じる音だけが部屋に響き渡る。もうすぐ日付が変わる。背筋が凍ってしまうように冷たく、意志とは関係なく体中が震えて止まらない。

――あなたの死を望みます。

その一言が、何度も頭の中でこだまする。

「昨日死ぬはずだったのは……僕……なのか？」

＊

がやがやと賑わうデパート。電話の向こうにいる透くんにきちんと私の声が聞こえるように人通りの少ない階段横のホールに移動する。

「終わったらまた連絡してね」

急な残業で待ち合わせに遅れてしまうという彼からの電話。通話を終えて待ち受け画面に表示された時刻を確認する。

(透くんが来るまであと一時間くらいかな)

待ち遠しい。今日の日をずっと待ち望んでいた。

今日が過ぎれば私はやっと心の底から幸せを感じることができる。世間から見れば、天涯孤独の私がやっとつかんだ幸せまでも失くしてしまうという結末は大きな影響を与えるだろう。

母の死もすぐに忘れ去られ、火事に巻き込まれ父を亡くしたこともいつの間にか話題にならなくなり、祖父母が殺害されたという事件でさえも昔の出来事になってしまった。

「……他人の死なんてそんなもの、だよね」

ほんの一時しか残された遺族は気にかけてもらえない。それでも、インパクトがあれば、記憶に残り続けるような悲劇であればあるほど、世間は私の存在に関心を持ってくれる。そして私自身、長く心の平穏を保ち続けることができる。

はやる気持ちを抑え、約束の場所に向かう。オフィスビルが立ち並ぶこの大都会のど真ん中の駅前で彼は今日、大勢の目の前で真っ赤な血を流して倒れ込む。そして涙ながらに彼の名前を叫ぶ私。シナリオは完璧。足早に行き交う人々、誰もがすれ違う人には見向きもしないこれが日常。この人混みで私の手元に気づく人なんていない。

このあとに起きる事件を頭の中で思い描くと、そわそわして心が落ち着かない。待ち合わせの駅はもう目と鼻の先。この大きな交差点に架かる歩道橋を降りればそこが実行の場だ。

(……準備はできている)

歩く速度を緩め、バッグに入れた雑誌に挟み込んであるナイフを確認する。会社を出る前に給湯室の戸棚の奥から誰も管理していない新品のものを持ち出し、デパートのトイレでケースは捨てた。

周囲に気づかれないようさりげなくバッグの中身を確認するようにして、ポケットから出したハンカチをかぶせながら鋭利な刃を覆うカバーを慎重に外す。

(これで、私と透くんは幸せになれる)

……そのときだった。背後から強く押される感覚。

「──きゃっ!」

ちょうど、歩道橋を下りる階段に足をかけた瞬間だった。誰かがぶつかったのだろう。振り返る間もなく、倒れそうになる体を必死に保とうとするが、両手はバッグの中でとっさに手を伸ばすこともできない。

バタバタと激しい音を立てて階段を転げ落ちる体。雑踏の喧騒が一瞬だけ静まり返り、周囲が状況を理解すると同時に悲鳴が響き渡る。

──大丈夫ですか?

――人が！　人が落ちた！
――誰か救急車！
――血が。
――おい、ナイフが刺さってるぞ！
――警察にも連絡を！

駅前の歩道橋の階段下に人だかりができる。

（違う、違う、違う。望んでいたのはこんな結末じゃない）

（痛い、苦しい、怖いよ、透くん）

「…………透……く、ん」

「たす……け…………」

（透くん、助けて。いつものように私のところに駆け付けてよ）

薄れゆく意識の中、最後の力を振り絞ってあたりを見渡すと大勢の視線を感じる。普段は通りすがる人に見向きもしないで足早に過ぎ去っていく人たちが、今は私のそばに駆け寄って、声をかけてくれる。私はここにいるんだってことを証明してくれる。

ずっと心の奥にあった、暗く重いどうしようもない寂しさがすうっと消えていく。

（ああ、今すごく幸せだ）

（……最初からこうしていればよかったんだね）

もう痛みは感じない。

エピローグ

僕は、最愛の彼女を失った。

三日後には純白のドレスを着て、盛大な拍手の中、真っ赤なカーペットを二人で並んで歩いているはずだった。

真っ白なベールに包まれて、陽だまりのような暖かい笑顔を向けてくれる彼女の隣に並んでいるはずだった。

いつも穏やかで誰に対しても優しい彼女。僕はそんな彼女に惹かれていた。しかし日記に残されていた彼女は孤独と狂気に満ちあふれ、自身の手で祖父母を殺害し、その牙を僕にも向けようとしていた。僕の目に映っていた雪野雫という人物は幻想だったのだろうか。もう何も信じることができない。

僕の知っている彼女はもうどこにもいない。

ふと、いつか見たドキュメンタリー番組を思い出す。何となく見入ってしまったその番組では、まだ生後間もない子供に自分の血液を飲ませて病気にしたり、健康そのものの子供に繰り返し暴行を加えて入退院を繰り返させていたりする人、そしてそういった行為が行きすぎてしまって殺害してしまった人を取り上げていた。いずれも共通するのは、決して子供に対して憎悪や嫌忌の感情から起こした行動ではないということ。そして重度のストレスを抱えているということ。

解説した医師によると、幼少期に家庭環境に恵まれず孤独を感じる中で、病気やケガ、事故や事件に巻き込まれたときに限って周囲から注目された記憶が発症の引き金になることが多いということだった。つまり、自らきっかけを作り出し関心を得ることで自分の心を守り、安心感と満足感を得るための行為であり、れっきとした精神疾患だという。

なんの確証もない。ただ、うっすら記憶に残っていたその番組で取り上げられていた人と雫の存在が重なってしまう。

――私のことなんか。

――最初は心配してくれていたのに。

――誰も私のことなんて気にしてくれない。

――孤独を感じるのは怖い。

彼女は自己肯定感が低かった。そして孤独を何よりも恐れていた。きっとそれは幼いころに母を亡くしてからずっと抱えていた不安からだと思う。家族を失う恐怖を知っているのに、誰よりもその孤独を知っている彼女なのに、どうして孤独から解放される手段として自らの手で家族を手放し、孤独を得ることで孤独から解放されることを選んでしまったんだ。

彼女の精神状態は普通ではなかった。

(いったいいつから?)

(彼女を間違った方向に導いてしまったきっかけは?)

母を失った喪失感からなのか、父を助けられなかった罪悪感からなのか、その後の孤独感からなのか……。それとも、僕が彼女のそばにい続けて、笑顔を望んでしまったからなのだろうか……。

どうして彼女がこうなる前に気づいてあげられなかったのだろうという自責の念にとらわれてしまう。

ふわりと漂ってくる彼女のお気に入りの花の香り。たった一人取り残された部屋と目の前の日記。居心地が悪い。

「……雫？」

何百回、何千回と呼び慣れた彼女の名前を喉の奥からやっと絞り出した声で呼んでみる。返事なんてないのはもうはっきりと理解できている。昨日死ぬはずだった僕の代わりに死んだ彼女と昨晩対面したのだから。

「……雫、どうして？」

僕の声だけが響く。

彼女のぬくもりと面影が残るこの部屋にいることが、今は怖くてたまらない。ただ、その恐怖が僕は今この世に存在しているんだという安心感を与えてくれた。

――今、僕は生きている。

あとがき　―もうひとつのスノードロップ―

この物語は、雫と透二人のハッピーエンドを描きました。死によって長年自らを苦しめていた孤独から解放された雫。そして最愛の彼女による殺害計画から偶然にも免れた透。雫を亡くした悲しみと自らに刃を向けようとしていたことへの絶望にとらわれた透も、ずっと願い続けてきたことは「雫が幸せである」こと。もし雫が透を殺害していたのなら、その後ほんのひとときの幸せを感じたものの、生き続ける中で再び孤独を感じ、友人や職場の仲間にも刃を向け、それでも消えない孤独に耐えきれず自ら死を望む日がきっと訪れることでしょう。透もいずれその可能性に気がつき、雫がこれ以上罪を重ねることなく苦しみから解放されたことを、これでよかったんだと思えるはずです。

本書を執筆するにあたり、もうひとつの結末も考えていました。それは殺害計画の前日、透が雫の日記を目にしてしまうストーリー。誰も救われない悲しみのバッドエンド。

＊

先に眠りについた雫。いつもなら日記は鍵をかけた木箱にしまっているが、最愛の彼を殺害する前日で気がはやり、日記を机の上に置いたままにしてしまっていた。ふとその日記が目に入った透。悪いと思いながらも、結婚式を控えた彼女の心境が気になりページをめくってしまう。

そこで知ったのは過去の事件の真相と自身の殺害計画、それと雫が抱えてきた孤独と苦しみ。恐怖と絶望を感じながらも、彼女にこれ以上の罪を背負わせてはいけない、そして苦しみから解放させてあげたい、そんな想いから透自身の手で雫の人生を終わらせることを決意した。

そして訪れた運命の日、自身を待つ雫の背後に近づき、震える手とあふれ出す涙を必死で抑え込み、刃を突き付ける。「もう苦しまなくていいよ」という優しい声を聞いて雫の意識は薄れてゆく。透は雫の苦しみと過去の罪を背負い、そして彼女自身の命を奪った償いのため、犯罪者として生き続けることを決意する。

＊

この結末を描かなかったのは、雪野雫という人物を創り上げる中で、彼女は悪の存在ではなかったと思い至ったからです。遠い記憶だとしても、母、父、そして祖父母からの愛情を感じ、友人や恋人からも大切にされていることを実感していたからこそ、失ったときに孤独という感情が芽生えたのだと思っています。

不運にも、母、そして父の死をきっかけにその純粋さと不安定な心情ゆえに孤独から解放される方法は身近な人物が命を落とすことしかないと信じて疑わなかったのです。早くに両親を亡くしてさえいなければ、誰からも愛され、普通の幸せを手に入れて、いつまでも笑顔でいられたのではないか、そんなことを考えているうちに「この子を最後まで可哀そうな子のままにしたくない」そう思って筆を進めていました。

世間から見た幸せとはほど遠い結末かもしれない、それでも雫と透の二人にとってはハッピーエンドであってほしい、私自身そう願っています。

〈著者紹介〉

降谷　さゆ（ふるや　さゆ）

1990年、北海道函館市生まれ。

北海道教育大学卒業。元広報、編集者。

現在はテレビ・ラジオCM制作などの広告業の傍ら、フリーライター・デザイナーとして活動中。

『スノードロップ　—雪の雫の日記—』は初の著書。

スノードロップ　—雪《ゆき》の雫《しずく》の日記《にっき》—

2022年２月16日　第１刷発行

著　者　　降谷さゆ
発行人　　久保田貴幸
発行元　　株式会社 幻冬舎メディアコンサルティング
〒151-0051　東京都渋谷区千駄ヶ谷4-9-7
電話　03-5411-6440（編集）

発売元　　株式会社 幻冬舎
〒151-0051　東京都渋谷区千駄ヶ谷4-9-7
電話　03-5411-6222（営業）

印刷・製本　シナジーコミュニケーションズ株式会社
装　　丁　株式会社 幻冬舎デザインプロ
本文イラスト　降谷さゆ

検印廃止

Printed in Japan
ISBN 978-4-344-93777-2　C0093
幻冬舎メディアコンサルティングＨＰ
http://www.gentosha-mc.com/